덤비지 마!

FUSION FANTASTIC STORY

무람 장편 소설

덤비지 마! 6

무람 장편 소설

초판 1쇄 찍은 날 § 2014년 4월 21일
초판 1쇄 펴낸 날 § 2014년 4월 25일

지은이 § 무람
펴낸이 § 서경석

편집부장 § 권태완
편집 § 이효남

펴낸곳 § 도서출판 청어람
등록번호 § 제387-1999-000006호
등록일자 § 1999. 5. 31
어람번호 § 제1-1830호

주소 § 경기도 부천시 원미구 심곡2동 163-2 서경B/D 3F (우) 420-822
전화 § 032-656-4452 팩스 § 032-656-4453
http://www.chungeoram.com
E-mail § chungeorambook@daum.net

ISBN 979-11-5681-981-3 04810
ISBN 978-89-251-3627-1 (세트)

무람 장편 소설
6
FUSION FANTASTIC STORY
청어람

CONTENTS

제1장 재벌들의 모임

UNION BANK

상수는 창섭의 도움으로 재벌들이 모이는 자리에 참석을 하게 되었다.

그리고 오늘은 상수도 이들과 격을 맞추기 위해 평소와 달리 옷차림에도 나름 신경을 쓰고 왔다.

그만큼 한국은 겉으로 보이는 모습에 대한 선입견이 미국과는 달랐기 때문이다.

이들은 자신들과 레벨이 다르다고 인식하면 바로 배척을 하기 때문이었다.

창섭이 미리 나와 기다리고 있었던 모양인지 상수가 들

어오자 바로 상수를 맞이해 주었다.

"어서 오세요. 정 이사님."

"하하하, 제가 너무 늦은 건 아닌지 모르겠습니다."

"아닙니다. 시간을 아주 정확하게 맞춰서 오셨습니다. 자, 안으로 들어가시지요."

상수는 그렇게 창섭의 환대를 받으며 안내로 안으로 들어갔다.

'이야, 대단한데. 입구에서부터 그냥 기를 죽이는구나…….'

입구에서부터 모임 장소까지 가는 길마저 무척이나 화려하고 고급스러워 보였다.

하기는 한국에서 돈이 많기로는 뽑히는 이들이 하는 파티이니 고급스러움을 강조를 한다는 생각을 하였지만 이 정도로 화려할 줄은 몰랐기에 절로 감탄사가 나오는 것이다.

"그런데… 보아 하니 나이가 있는 분들은 오늘 오시지 않은 것 같습니다?"

"예, 오늘 모임은 모두 재벌가의 2세들만 참석했습니다. 그리고 어르신들은 모임에 잘 안 모이십니다."

이 외에도 상수가 궁금해 하는 것들은 창섭은 하나하나 웃으면서 설명을 해주었다.

창섭은 이런 모임에 자주 참석하는지 모임에 대해서는 아주 잘 알고 있었다.

지금 창섭은 미소를 지으면 상수에게 말을 하고 있지만 사실 창섭은 며칠째 제대로 잠을 자지 못했다. 아니 심지어 어제는 한숨도 자지 못한 형편이었다.

그러다 보니 얼굴에 미소는 짓고 있지만 얼굴이 푸석푸석할 수밖에 없다.

다름 아니라 그간 상수와 한 이야기를 어른들께 어떻게 알려야 할지를 고민하고 있었다. 하지만 며칠을 고민했지만 마땅한 해결책을 찾지 못한 상태라 마음에 여유가 없었다.

하지만 창섭은 상수를 만나 그 문제의 해결 방법을 찾으려고 하고 있었기에 이렇게 미소를 지으며 상수에게 친절을 베풀고 있었다.

화두를 던진 이가 상수이니 지금 자신에게 가장 도움을 줄 수 있는 이 역시도 상수라는 생각이 들어서였다.

"아, 그렇군요. 그런데 그런 2세 분들의 모임에 제가 참석을 해도 상관이 없습니까?"

"하하하, 제가 보증을 하는 분이니 걱정하지 않으셔도 됩니다."

재벌가의 2세들이 가지는 모임은 기본적으로 2세들의 인맥을 넓히기 위한 목적을 가진다.

때문에 참석자들은 2세들 본인이거나, 혹은 참석자 중 한 명이 보증을 서면 2세가 아니더라도 참석을 하는 것에는 크게 문제가 없었다.

물론 보증을 서는 상대는 보통 각 분야에서 독보적인 위치에 있는 사람이 대부분이다.

"이거 이사님 덕분에 이런 모임에도 참석을 하게 되니 고맙습니다."

"하하하, 그런 인사를 받으니 이거 은근히 기분이 좋아지네요. 자, 그만 안으로 들어가시지요. 제가 사람들을 소개해 드리겠습니다."

상수에게 도움을 받을 생각인 창섭이라 무척이나 호의적인 모습이었다.

상수는 창섭의 안내를 받아 많은 이들과 인사를 할 수가 있었다.

처음에는 그저 단순히 안면만 익히는 수준으로 인사를 하려고 했다.

하지만 다양한 사람들을 만나다 보니 그중 특별히 얼굴을 기억해야 할 사람들도 만날 수가 있었다.

그리고 그들은 자신이 해야 하는 일과 연관이 있는 기업체였기에 상수는 그런 이들과는 조금은 더 친밀하게 인사를 하며 나중에 나시 만날 수 있는 길을 열어 두고 있었다.

"하하하, 요즘 카베인에 신화적인 사람이 한국인이라는 소리를 들었는데 오늘 그 당사자를 이렇게 만나게 되니 아주 영광입니다."

"이거 별말씀을 다 하십니다. 제가 그런 칭찬을 들어도 될지 모르겠습니다. 아무튼 이렇게 인사를 하게 되니 저도 반갑습니다."

상수가 지금 인사를 하고 있는 이는 바로 국내의 재벌 중에도 몇 손가락 안에 드는 그룹에 속해 있는 인물이었다.

자신이 사업을 하면 아마도 가장 많이 만나야 할지도 모르는 인물이었기에 다른 이들과는 조금 다르게 대화가 길어지고 있었다.

"하하하, 정 이사님이라면 그런 소리를 들을 자격이 넘치지요. 카베인 정도의 회사에서, 그것도 동양계 인사가, 정 이사님처럼 빠른 진급을 한 사람은 지금까지 단 한 명도 없었으니 말입니다."

실제로 상수 본인은 인지하지 못하고 있었지만 최근 한국 기업인들 사이에서 상수는 꽤 유명 인사였다.

한국인이, 그것도 그 전에는 아무런 경력도 없는 사람이 갑자기 나타나 엄청난 성과를 올리고 카베인의 이사가 되었으니 말이다.

"이거 이렇게 제 칭찬을 하시니… 제가 오늘 칭찬을 듣기 위해 여기에 온 것 같습니다."

상수는 약간 쑥스러운 표정을 지으며 대답을 했다.

자연스러운 상수의 행동은 상대에게 더욱 기억에 남을 사람으로 인식을 심어 주고 있었다.

"하하하, 무슨 그런 말씀을. 아무튼 오늘 이렇게 만나게 되어 정말 반갑습니다."

"저도 반가웠습니다."

상수는 그렇게 인사를 하고 다녔다.

이들이 모인 이유는 서로간의 정보를 교환하는 자리이기도 했지만 또, 이런 모임을 통해 상대의 대한 전력을 파악하기 위해서이기도 했다.

기업이라는 것이 경쟁이기 때문에, 이렇게 웃으면서 상대를 대하고 있지만 모두 다 실질적으로 보이지 않는 전쟁을 하고 있는 중이었다.

상수는 인사를 하면서 그런 내면적인 부분을 금방 파악을 하고 있었다.

'휴, 이거 말만 파티지 사람을 만나는 자리가 아니라 은근히 피 말리는 곳이네. 최대한 이런 모임에는 참석을 하지 않아야지 이거 힘드네.'

상수는 자신과 인사를 하면서도 상대를 가늠하는 사람들

을 보고는 내심 그런 생각을 하게 되었다.

'뭐 나도 목적이 같으니 할 말은 없지만…….'

사실상 상수 자신도 순수하게 파티를 즐기려고 이곳에 온 것은 아니다. 과연 상류층의 파티가 어떤 곳인지 궁금증도 있지만 다른 목적이 있어 참석을 한 것이었다.

상수는 이번 모임 참석을 통해 가능하면 많은 이들과 인사를 나누는 게 목적이었다.

러시아 공사에 입찰을 하게 되면 반드시 이를 수행해야 하는 업체가 있어야 했다.

때문에 상수는 그런 공사를 할 수 있는 업체를 골라야 했고, 그러기 위해서는 이런 일면식이 필요했다.

뭐, 상수가 공사를 주는 입장이니 없어도 안 될 건 아니었지만 그래도 일이라는 게 상대를 파악하고 신뢰가 가는 곳과 하는 게 좋은 법이다.

물론 입찰은 걱정도 하지 않고 있었다.

러시아의 바트얀과 사전에 이야기를 하여 자신이 입찰에 응하기만 하면 십중팔구는 거의 성사가 될 것이라는 언질을 받은 상태이기 때문이다.

물론 지분 분할 건이 문제이기는 했지만 상수는 그 지분에 대해서는 크게 걱정을 하지 않았다.

워낙 규모가 크기 때문에 상수가 가지는 지분이 적다고

하더라도 그 자체로 이미 큰 이익을 가져올 수 있을 것이다.

그리고 상수는 절대 혼자 독식을 할 생각이 없었기에 그 부분에 대해서는 크게 고민을 하지 않았다.

이때 상수에게 다가오는 그림자가 있었는데 사람들과 인사를 나누느라 잠시 헤어진 창섭이었다.

"저기… 정 이사님, 잠시 저한테 시간을 내 주실 수 없겠습니까?"

"예? 시간이요? 네. 그렇게 하지요."

상수의 허락에 창섭은 상수와 함께 조용한 룸이 있는 곳으로 가게 되었다.

이런 모임에서는 파티를 즐기다가도 서로 은밀할 대화를 나누는 경우가 많기 때문에 다른 이들은 자리를 피하는 상수와 창섭을 이상하게 생각지도 않았다.

룸에 들어간 창섭은 상수를 보며 먼저 이야기를 꺼냈다.

"오늘 파티는 어떠신지요?"

"네, 덕분에 아주 즐겁게 시간을 보내고 있습니다. 초대해 주셔서 감사합니다."

"무슨 별말씀을. 제가 그런 소리를 듣자고 한 건 아닙니다. 그리고 그보다는 사실 제가 정 이사님을 이렇게 따로 뵙자고 하는 이유는 다른 것이 아니라……."

"네, 말씀하십시오."

"…전에 하셨던 말 때문입니다."

그러면서 창섭은 자신의 사정에 대해 아주 자세하게 상수에게 이야기를 하기 시작했다.

상수는 창섭이 하는 이야기를 가만히 듣고만 있었다.

창섭은 그룹의 인물이기는 했지만 아직 그 위치가 확실하게 정해져 있는 것은 아니었다.

이사라는 자리에 있었지만 자신의 사업체를 가지고 있는 것도 아니었고, 앞으로 물려받을 사업체를 가지고 있는 것도 아니었다.

그렇다고 지금 다니는 회사 내에서 발언권이 큰 것도 아니었다.

지금의 자리는 그저 창섭이 직계이기 때문에 최소한으로 보장받은 자리였다.

물론 스스로를 잘 알았기에 그동안은 창섭 스스로도 큰 욕심을 내지 않았었다.

그룹의 후계자는 아니었지만 지금도 재벌 2세로서의 모든 특권을 누리며 만족하며 잘 살고 있던 것이다.

그런데 상수의 말을 듣고 나서 욕심이 생겼다.

만약 자신이 이번 일의 전권을 받아 처리한다면 자신도 지금보다 더 큰 것을 할 수 있다는 생각이 든 것이다.

상수는 그런 창섭의 말을 모두 듣고는 잠시 깊은 생각에 빠져 들었다.

'흠, 욕심이 지나치면 나중에 결과가 좋지 않게 나올 수도 있는데 어떻게 대답을 해주어야 하나?'

상수는 창섭이 원하는 대답을 해야 할지에 대한 고민을 하기 시작했다.

"이 이사님은 제가 어떻게 해주기를 바라십니까?"

"제가 자리를 한 번 만들겠습니다."

"자리요?"

"네, 그 자리에서 이번 러시아 공사 건에 대한 이야기를 해 주셨으면 합니다."

"음, 그것뿐입니까? 그걸로는 이사님께 별 도움이 안 될 것 같은데……."

뜸 들이지 말고 본론을 말하라는 상수의 말에 창섭의 얼굴이 빨개졌다.

"…그리고 힘드시겠지만 이번 공사의 저희 쪽 책임자로 저를 선택해 주셨으면 합니다."

"흠……."

"…그렇게만 해 주시면 저도 이사님의 은혜에 보답을 해 드리겠습니다."

도움을 주는 만큼 자신도 그만한 이득을 주겠다는 말이

었다.

일견 염치없는 부탁일 수도 있지만 상수의 입장에서는 반대할 이유가 없는 조건이었다.

창섭이 그룹에 능력을 인정받지 못할지 몰라도 상수가 보기에는 조금 달랐다.

오히려 어느 정도 욕심이 많은 창섭이기 때문에 다루기가 쉬울 듯 보였다.

그렇게 잠시 생각에 잠겨 있던 상수가 입을 열었다.

"그렇게만 해드리면 되겠습니까?"

잠시간의 침묵 끝에 상수의 입에서 긍정적인 대답이 나오자 창섭은 이내 얼굴에 환한 미소를 지었다.

"예! 그렇게만 해주시면 절대 이사님의 은혜를 잊지 않겠습니다."

"알겠습니다. 그렇게 하겠습니다. 그러면 제가 정식으로 태성에 찾아가겠습니다. 이사님이 자리를 마련해 주시면 그때 찾아뵙는 것으로 하죠."

상수는 창섭이 준비를 마치면 알려 달라고 하였다.

창섭은 상수가 너무 쉽게 허락을 하는 바람에 환한 미소가 그려졌다.

이렇게 쉽게 해결될 문제를 가지고 자신은 일주일이라는 시간을 소비해 가며 방법을 찾고 있었다는 것이 허무할 정도로 말이다.

"알겠습니다. 제가 바로 자리를 만들어 연락을 드리겠습니다. 정말 감사합니다, 정 이사님."

"하하하, 그런 일로 고맙기는요. 하지만 이사님도 아시겠지만 이번 공사는 한국 기업에게 일을 맡길 예정이긴 하지만 공사가 워낙 크기 때문에 한 업체만 선정을 할 수는 없습니다. 물론 업체를 선정하는 것은 제 권한이기는 하지만 말입니다."

상수는 태성에 모든 공사를 주지 않고 다른 기업에도 주겠다는 말을 이렇게 간접적으로 말하고 있었다.

창섭은 상수의 대답에 조금 긴장을 하게 되었다.

러시아의 공사에 대해서 창섭도 어느 정도는 알고 있었기 때문이다.

자신들도 공사의 규모 때문에 사실 혼자 감당을 할 수 없다고 생각을 하여 고민을 하고 있었는데 상수가 바로 그런 부분에 대한 이야기를 하였기 때문이다.

"알고 있습니다. 러시아 정부에서도 한 업체에 공사를 주면 문제가 생기기 때문에 여러 업체들을 선별하여 공사를 줄 예정이라는 말을 들었습니다. 다만 공사업체를 정 이사님이 선별하신다는 이야기는 오늘 처음 듣게 되었네요. 저희 태성을 잘 봐주시기 바랍니다."

창섭은 미리 상수에게 잘 부탁한다는 인사를 하고 있었다.

아직 입찰을 하지도 않았는데 말이다.

창섭은 이번 입찰은 상수가 반드시 하게 될 것이라고 믿고 있었다.

이는 상수가 그만큼 창섭의 심리를 교묘하게 이용하였기 때문에 느끼는 것이지만 말이다.

뭐 그렇다고 해도 틀린 말은 아니다.

사실상 이번 입찰은 상수가 확실하게 계약을 할 수 있으니 말이다.

"하하하, 그 이야기는 이번 입찰을 마치고 해야 하지 않겠습니까?"

상수의 대답에 창섭은 입가에 미소를 지었다.

"이번 입찰에 정 이사님이 개입을 하면 거의 계약을 하신다고 알고 있습니다. 그러니 미리 이렇게 이야기를 하는 거지요. 정 이사님의 능력을 믿으니 말입니다."

창섭은 다른 것은 몰라도 그 사람의 능력을 어느 정도는 읽고 있는 것 같았다.

그렇게 보면 창섭도 그렇게 재능이 없는 사람은 아니라는 생각이 드는 상수였다.

'흠, 아직 인정을 받지 못해 그런 건가? 제법 사람을 보는

눈도 있네.'

상수는 창섭에 대해 그런 생각을 하게 되었다.

"좋은 이야기를 해주시니 고맙습니다. 그럼 뭐든지 확실한 게 좋으니까, 아까 조만간 자리를 만드시겠다는 약속은 잠시 연기를 하시죠."

"네? 연기라니… 무슨……."

이야기가 잘 풀리고 있었는데 상수가 약속을 연기하자고 하니 긴장하는 창섭이다.

"하하하, 별일 아닙니다. 그저 태성을 방문하는 건은 제가 입찰을 마치고 하는 것으로 하지요. 계약을 하고 나야 확실한 이야기를 할 수가 있으니 말입니다."

"아, 그런……. 아닙니다. 저는 당연히 이사님을 믿습니다."

"아닙니다. 뭐든지 확실한 게 좋은 법이지요."

"정 이사님이 그렇게까지 말씀하신다면야… 알겠습니다. 그렇게 하도록 하겠습니다."

창섭은 오늘 파티를 마치고 돌아가면 그룹의 부회장에게 이번 일에 대한 이야기를 할 생각이었다.

물론 모든 것은 자신이 성사를 시켰다는 말도 하고 말이다.

부회장은 아직도 상수를 그 당시에 영입하지 못한 것에

대해 아깝다는 말을 하고 있었다.

그만큼 상수에 대한 미련이 많은 이가 바로 부회장이었다.

이는 상수가 카베인에 가서 승승장구하는 이야기를 들을수록 더욱 그러했다.

둘은 그렇게 화기애애하게 룸에서 나오게 되었다.

룸을 나오는 창섭의 안색이 들어갈 때와는 아주 다르게 변해 있었다.

그런 창섭을 보고 있던 이들은 창섭의 얼굴이 환해져 있는 것을 보고 무언가 자신들이 모르는 이야기가 오갔다는 것을 알 수가 있었다.

창섭에게는 아주 좋은 쪽으로 말이다.

시간이 지나고 모임이 마칠 시간이 되었고 창섭은 마지막까지 상수의 곁에 있으면서 안내를 해주다가 상수가 가려하자 마지막 인사를 나누고 있었다.

"오늘 정말 즐거운 시간이었습니다."

"허허허, 징 이사님이 그렇게 말씀을 해주시니 저도 고맙습니다."

"자, 그럼 다음에 다시 뵙도록 하지요."

제2장 재원그룹

UNION BANK

상수로서는 오늘 모임은 무척이나 유익했다.

비록 2세이기는 하지만 한 자리에서 한국 경제계 유력 인사들은 대부분 안면을 트게 되었으니 말이다.

그리고 그중에서 상수의 마음에 쏙 드는 사람도 하나 만났다.

바로 신천건설의 신민석이었는데 인상도 호감이 가는 얼굴이었지만 그 성격이 아주 마음에 들었다.

상수와는 오늘 처음 만나 이야기를 하였는데 짧은 시간이었지만 꽤 마음이 맞아 헤어질 무렵에게 어느 정도 친분을 쌓을 수 있었다.

상수가 차를 타고 돌아가는데 핸드폰이 울렸다.

드드드드.

"응? 누구지?"

상수는 핸드폰을 꺼내 확인을 해보니 자신이 아는 번호가 아니었기에 의문스러운 눈빛을 하며 핸드프리를 연결했다.

"여보세요?"

—정상수 이사님 핸드폰입니까?

"예, 제가 정상수입니다만… 누구십니까?"

—저는 아까 인사를 드렸던 재원그룹의 오민중입니다.

상수는 오민중이라는 이름에 자신이 조금 전에 인사를 하였던 한 남자의 얼굴이 떠올랐다.

재원그룹은 국내 서열 3위의 대기업이다.

"아, 생각났습니다. 그런데 무슨 일로?"

상수가 의문스러운 말을 하니 상대는 바로 대답을 하였다.

—다름이 아니라 시간이 되시면 잠시 이야기를 했으면 해서 말입니다.

오민중은 상수가 차를 타고 나가는 것을 보고 기다렸다는 듯이 전화를 한 것이다.

이는 상수와 비밀리에 하고 싶은 이야기가 있었기 때문이었다.

"시간이야 상관이 없습니다만……."

—그러시면 저와 잠시 대화를 나누었으면 합니다.

"예, 그렇게 하시지요."

상수는 그렇게 말을 하고는 상대가 정해 주는 장소를 듣게 되었다.

다행히 파티 장소 인근이라 상수는 바로 약속 장소로 이동을 하였다.

상수가 약속 장소에 도착을 하니 그곳에는 오민중만 있는 것이 아니라 한 중년 남자도 함께 나와 있었다.

"이거, 가시는데 실례가 되지 않았나 모르겠습니다."

"그 정도는 상관이 없습니다. 그런데 무슨 일로 저를 보시려고 한 것인지가 더 궁금하네요."

"하하하, 급하십니다. 이야기는 잠시 안으로 들어가셔서 나누지요. 그리고 여기 제 옆에 계신 분은 저희 그룹의 건설파트 사장님이십니다."

옆의 남자를 상수에게 소개를 하는 것을 보고 상수는 금방 이들이 무엇을 원하는지를 알 수가 있었다.

"반갑습니다. 재원건설의 사장을 맞고 있는 오필연이라고 합니다."

"예, 정상수라고 합니다."

인사를 간단하게 마친 일행은 안으로 들어가게 되었다.

상수는 이미 모임에서 식사를 하였기 때문에 다른 음식이 필요하지는 않았다.

이는 오민중도 마찬가지였기에 상수를 보았다.

"식사는 생각이 없을 것 같고 차나 한잔하시겠습니까?"

"그렇게 하지요."

오민중이 차를 주문하고 나자 본격적인 이야기가 시작되었다.

"저희가 얻은 정보에 의하면 이번 러시아의 입찰에 참가를 하신다고 들었습니다."

재원건설의 사장인 오필연이 먼저 입을 열었다.

"예, 그렇습니다."

상수는 이들이 이미 정보를 얻고 말을 하고 있다는 생각이 들어 속이지 않고 대답을 해 주었다.

상수의 대답에 오필연은 눈빛이 빛났다.

이번 러시아 공사에 대한 입찰은 공사 규모도 크고, 참가사들의 조건도 상당히 까다로웠기 때문에 한국 기업으로서는 단독으로 참가하기가 쉽지 않은 상황이었다.

그래서 재원건설에서는 컨소시엄을 구성해서 입찰 참여를 준비하고 있었다.

그러다가 러시아 지사로부터 이상한 정보를 받게 되었는데 그 정보가 카베인과 상수에 대한 정보였다.

상수는 자신과 러시아 마피아와의 관계를 기업들이 모를 것이라 생각하고 있었지만 낮말은 새가 듣고 밤말은 쥐가 듣는 법이다.

재원그룹의 러시아 지사원이 우연히 상수가 러시아 마피아의 총보스 밀접한 관계가 있다는 사실을 알게 되고 그 사실을 지급으로 본사에 알린 것이다.

그리고 그 후로 상수가 카베인의 임원이면서 회사에서 능력을 인정받고 있는 인물이라는 사실을 알게 되자 상수에 대한 조사를 하였고 카자흐스탄의 계약도 상수가 하게 되었다는 것을 알게 된 것이다.

재원그룹에서는 그런 정보를 가지고 상수에 대한 조사를 하였고 지금 상수가 한국에 휴가차 와 있다는 사실을 알게 되었고 오늘 모임에 참석을 한다는 정보를 받자 재원건설의 사장이 급하게 달려온 것이다.

마피아와 친구 사이로 있는 상수가 입찰에 참가를 하면 이번 공사는 상당한 확률로 상수가 계약을 할 것으로 보였기 때문이었다.

"저희가 입수한 정보에 의하면 러시아 마피아와도 관계가 깊은 것으로 압니다."

'……!'

오필연이 하는 말에 상수는 겉으로는 태연했지만 속으로는 조금 놀라고 있었다.

한국의 기업이 카베인도 모르는 그런 정보도 가지고 있을 줄은 생각도 못했기 때문이다.

"하하하, 이거 재원그룹의 정보망이 그렇게 대단한 줄은 오늘 처음 알았습니다. 저희 회사에서도 모르는 사실을 아시고 계시니 말입니다."

상수는 기분 좋은 웃음을 지으면서 이야기를 하고 있었지만 내심은 놀라고 있었다.

"저희가 대단하다기보다는 정말 우연히 얻은 겁니다. 사실 이번 계약 때문에 저희도 총력을 다해 정보를 모으고 있다가 알게 된 사실이니 말입니다."

재원건설의 오필연이 이렇게 상수를 만나게 된 이유 중에 하나는 바로 태성그룹 때문이었다.

태성은 국내 5위의 그룹이었기에 결코 재원그룹이 무시를 할 수 있는 곳은 아니었다.

그리고 오늘 와서 태성의 창섭과 은밀히 대화를 나누었다는 보고를 받았기에 오필연이 더욱 마음이 급해졌고 말이다.

"정보야 어쩔 수 없지 않습니까? 그런데 저를 보자고 하신 이유가 설마 제가 러시아 마피아와 친하다는 것을 알려 주기 위해서는 아니겠지요?"

"하하하, 물론입니다. 저희가 만나자고 한 이유는 바로 이번 러시아의 공사 건 때문입니다. 제가 알기로는 러시아 정부에서도 이번 공사를 할 때 많은 업체를 선정해서 최대한 빨리 공사를 하기를 원한다고 들었습니다. 해서 이사님이 계약을 하시면 저희 재원그룹에도 기회를 주셨으면 해서 만나자고 한 것입니다."

오필연은 말을 돌리지 않고 바로 말을 하였다.

건설사의 사장이라서 그런지 말을 빙빙 돌려 하는 것이 체질적으로 몸에 맞지 않아서였다.

"흠, 그렇다면 제가 계약을 하게 되면 공사 중 일부를 재원그룹이 할 수 있게 해달라는 말인가요?"

"그렇습니다. 이미 태성의 이창섭 이사와 만나신 것으로 알고 있습니다. 태성에서 어떤 약속을 하였는지는 모르지만 저희도 태성과 같이 공사를 할 수 있게 해주시면 충분한 보상을 약속할 수 있습니다."

상수는 오필연이 하는 말을 들으며 속으로 많은 생각을 하게 되었다.

근래 들어 국내 건설 경기가 불황이다 보니 이렇게 재원 같은 대기업에서도 자신을 찾아온 것으로 보였다.

"제가 미리 그런 약속하기에는 조금 빠른 것 같네요. 아직 입찰을 한 것도 아니고 말입니다."

"하하하, 정 이사님의 인맥이라면 저희는 이번 입찰은 당연히 정 이사님이 하실 것으로 보고 있는데… 아닌가요?"

오필연은 상수를 보며 마치 자신은 다 알고 있다는 듯 미소를 지었다,

이는 이미 상수가 이번 입찰을 참가를 하는 순간에 계약이 정해져 있다는 것을 알고 하는 소리 같았다.

물론 이번 공사는 상수가 계약을 하는 것은 거의 약속이 된 것이기는 했다.

다만 아직 정해지지 않은 것이 있다면 자본에 대한 문제였는데 이도 마피아에서는 어느 정도 준비를 마쳤다고 하였기에 상수는 크게 걱정이 없기는 했다.

그리고 부족한 자금에 대해서는 상수도 충분히 구할 능력이 되기도 했고 말이다.

단지 아직 정해지지 않은 것이 있다면 러시아 정부와의 지분 분배 문제였는데 이는 마피아도 개입이 되어 있었기 때문에 조금 고민을 해야 하는 문제이기는 했다.

하지만 상수가 고민을 하는 것은 아니었다.

지분이야 알아서 챙겨주겠다는 이야기를 들었기 때문이다.

물론 그에 비해 들어가는 자금이 엄청나기는 하겠지만 말이다.

"저를 너무 과대평가하고 계시는 것 같네요. 하지만 그렇게 말씀을 해주시니 한편으로 기분이 좋기는 합니다."

상수는 오필연을 보며 미소를 지으며 대답을 했지만 아직은 정확하게 답변을 준 것은 아니었다.

오필연은 상수가 이미 거대 회사의 이사이고 충분한 능력도 있다는 사실을 확인하였기 때문에 상수가 정확하게 원하는 것이 무엇인지를 생각하고 있었다.

그리고 태성이 과연 어떤 것을 상수에게 주기로 약속을 하였는지도 고민이 되었다.

재원그룹이 태성보다 서열이 높다고는 하지만 그렇다고 크게 차이가 나지는 않았기에 오필연이 고민을 하는 것이다.

상수가 재원에는 주지 않겠다고 하면 그만이었기 때문이다.

하기는 그렇지 않았다면 자신이 이렇게 찾아올 이유도 없겠지만 말이다.

"정 이사님, 우리 솔직해집시다. 우리가 원하는 것은 이번 러시아의 공사이니 원하시는 것이 있으시면 말씀을 해주십시오. 그렇다고 많은 것을 달라는 것도 아닙니다. 태성에게 주는 것만큼만 주시면 됩니다."

오필연은 바로 상수에게 직구를 던졌다.

이런 일은 돌려 하는 것보다는 차라리 시원하게 말을 해서 상대가 원하는 것을 들어주는 것이 오히려 효과가 있다고 생각이 들어서였다.

상수는 오필연이 하는 소리를 듣고 눈빛이 달라졌다.

"그렇다면 묻겠습니다. 재원에서 줄 수 있는 것이 무엇입니까?"

상수의 질문에 오필연은 아직 그룹의 사람들과 이야기는 하지 않았기에 바로 대답을 해줄 수는 없었다.

"솔직히 말해서 저희는 오늘 정 이사님의 정보를 받았습니다. 그래서 정 이사님이 한국에 휴가차 와 있다는 정보를 알게 되었기에 제가 만사를 제치고 이렇게 달려오게 된 겁니다. 그래서 지금 하신 말씀에 바로 대답을 하지 못하고 있지만 하루의 시간만 주시면 그에 대한 답변을 드릴 수가 있습니다."

오필연은 자신이 아직 준비를 하지 않고 온 것이 조금은 후회가 되기는 했지만 상수를 만나 이야기를 해보니 차라리 자신이 먼저 이야기를 한 것이 잘했다는 생각이 들었다.

구질구질하게 변명을 해봐야 득이 될 것 같지는 않아 보였기 때문이다.

상수는 그런 오필연을 보니 남자라는 생각이 들었다.

어차피 한국 기업에 공사를 주려고 하고 있었고 누구를 줄 것인지는 자신이 정하면 되지만 이왕이면 노력을 하는 이들에게 공사를 주고 싶은 것이 상수의 솔직한 마음이었다.

그런 점에서 보면 오필연은 합격을 받은 인물이기는 했다.

“좋습니다. 그러면 재원에서 어떤 선물을 주실 것인지를 기대하겠습니다.”

“감사합니다. 그러면 모레 만나는 것으로 여기서 약속을 정하지요. 물론 장소는 연락을 드리겠습니다.”

“그렇게 하지요.”

상수의 호쾌한 대답에 오필연은 입가에 미소를 지을 수가 있었다.

상수와 재원그룹의 만남은 이렇게 시작이 되었다.

제3장 코리아시티

UNION BANK

상수는 이번 러시아의 공사 입찰 건 때문에 수시로 바트얀과 통화를 하고 있었다.

그 과정에서 바트얀이 은근히 상수가 사업자를 내 입찰에 참가하라는 말을 계속하였다. 상수도 이번이 자신이 카베인을 벗어나 클 수 있는 기회라 생각하고 있었기 때문에 이번에는 바트얀의 말에 따르기로 했다.

"그러면 러시아에서 회사를 차려야 하는 겁니까?"

"회사는 상관이 없네. 한국에서 회사를 차려도 되니 사업자를 내기만 하면 되네. 서류는 그리 중요한 것이 아니니 말일세. 한국에서 사업자를 내는 것에 문제가 있으면 바로 연락을 해서 러시아에서 사업자를 내면 되니 말일세."

바트얀이 사업자를 내라고 하는 이유는 상수가 자신의 명의로 입찰을 참가하기를 바라는 마음에서였다.

자그마치 육천억 불에 해당하는 공사다. 아무리 러시아가 큰 나라라지만 이 정도 규모의 공사는 당분간 없을 것이다.

그리고 이렇게 공사가 큰 만큼 이번 공사에는 당연히 많은 이득이 걸려 있었다.

그러니 마피아의 친구인 상수가 이번 입찰에 성공하면 엄청난 부를 얻을 수 있을 것이다.

그리고 사업자가 있으면 이외에도 규모는 작지만 다른 공사도 도움을 줄 수가 있기 때문이다.

바트얀은 이번 러시아의 공사만 해도 평생 먹고 사는 것에는 지장이 없을 규모이기 때문에 이왕이면 상수가 그 혜택을 받도록 사업자를 내라고 하는 중이었다.

"형님 때문에 저도 이제 독립을 하게 되었으니 굶어죽지 않도록 해 주셔야 합니다."

"하하하, 그런 문제는 걱정을 하지 않아도 되네. 이번 우리나라의 공사만 해도 평생 먹고 살 수가 있으니 말일세."

바트얀의 말대로 러시아의 공사만 해도 상수가 먹고 사

는 것만으로도 평생은 걱정 없을 것이다.

하지만 상수는 이왕 시작한 거 제대로 하고 싶었다. 시작이야 이렇게 도움을 받지만 앞으로 바트얀의 도움만 받고 일을 할 생각은 없었다.

물론 러시아의 공사야 마피아가 개입이 되지 않은 것이 없으니 어쩔 수 없지만 다른 나라에서 벌이는 일은 자신이 직접 하고 싶은 생각이 들어서였다.

"형님의 말씀은 고맙지만 저는 직접 움직여 계약을 해야 성취감을 느낄 수가 있습니다. 너무 도움만 받으면 노력을 하지 않게 되니 도움은 최소한으로만 받을 생각입니다."

"하하하, 그런 대답을 할 것이라고 이미 생각하고 있었네. 내가 그래서 자네를 좋아하는 것이 아닌가."

바트얀은 자신의 말에 상수가 그런 대답을 할 것이라고 이미 예상을 하고 있었던 모양이었다.

상수를 알게 된 지는 얼마 되지 않았지만 바트얀은 상수의 성격을 어느 정도는 파악을 하고 있었다.

하기는 그런 성격이 상수였기에 바트얀이 지금처럼 상수를 좋아하는 것인지도 모르지만 말이다.

"형님이라면 그럴 것이라 생각했습니다. 이번에 사업을 하기로 마음을 정한 이유도 사실은 형님 때문입니다. 형님이 러시아에 계시니 제가 사업을 할 생각을 하게 되었습니다. 저도 노력을 하겠지만 앞으로 형님도 많이 도와주십시오."

"잉? 금방 조금 전에는 도움을 최대한 받지 않는다고 하지 않았나?"

"에이, 이제 시작을 하는데 도움을 받지 않고 어떻게 자리를 잡을 수가 있습니까? 다 그렇게 말을 하는 거지요."

상수의 대답에 바트얀은 아주 호쾌하게 웃음을 터뜨렸다.

"뭐라고? 크하하하, 자네는 역시 나를 즐겁게 해주는 재주가 있어. 언제 러시아로 올 생각인가?"

"조만간에 갈 생각입니다. 우선 여기서 기본적인 준비 작업을 하고 바로 러시아로 가겠습니다, 형님."

"알겠네. 너무 기다리게 하지는 말게."

"알겠습니다. 최대한 시간을 당겨 보겠습니다."

상수는 그렇게 바트얀과 통화를 마쳤다.

이제 사업을 하는 것으로 알고 있는 바트얀은 아마도 많은 부분에서 상수에게 도움을 주려고 할 것이다.

러시아는 아직 개발이 되지 않은 곳이 많았고 상수가 평생을 그곳에 있어도 다 하지 못할 정도로 러시아의 땅은 넓다.

물론 카자흐스탄이나 러시아 주변의 나라도 만만치 않은

곳들이었다.

상수가,그곳에 정착을 한다고 해도 평생 하지 못할 정도로 많은 공사들이 상수를 기다리고 있다는 말이었다.

물론 그 많은 공사를 상수가 다 할 수는 없겠지만 마피아의 도움을 받으면 그중 상당수의 공사를 상수가 할 수 있을 것이다.

러시아 마피아는 적어도 러시아에서만큼은 사회 전반에 걸쳐 정부 다음으로 강한 힘을 가지고 있었다.

물론 상수가 사업을 하려 게 러시아만 보고 하는 것은 아니지만 러시아의 공사만 해도 상수는 충분히 대접을 받으며 살 수가 있는 것은 사실이었다.

"이제 사업자를 내려면 우선 사업장을 구해야겠네."

상수는 러시아에서 사업자를 내도 상관이 없었지만 그래도 한국인이기 때문에 사업장은 한국에 두고 싶은 생각이 들어서 한국에서 사업장을 내려고 하였다.

하지만 상수가 모르고 있는 것이 있었다.

한국에시는 건설 변허가 없이는 건설사업자를 낼 수가 없다는 것을 말이다.

그리고 지금 상수가 내려는 것은 건설 면허 중에서도 상위의 종합건설이 가능한 회사였기에 더욱 사업자를 내기가 힘들었다.

지금은 사업자를 내주지 않기 때문이었다.

그런 사실을 모르고 상수는 사업자를 내기 위해 바쁘게 움직이고 있었다.

상수는 친구인 지성에게 도움을 청하였는데 지성은 상수가 내려는 사업자에 대한 이야기를 듣고는 바로 지적을 해 주었다.

"상수야, 우리나라에서는 종합건설회사를 내려면 면허가 있어야 해. 면허는 있냐? 그리고 내가 알기로는 요즘은 사업자를 내주지 않는다고 알고 있는데 말이야."

지성의 말에 상수는 멍한 얼굴이 되고 말았다.

"사업자를 내는 것도 그렇게 복잡한 일이냐?"

"다른 나라는 몰라도 우리나라는 그래."

지성은 그러면서 사업자에 대한 이야기를 자세하게 상수에게 알려 주었다.

이미 상수가 사업자를 낸다고 하는 말에 마음을 굳혔다는 것을 지성도 알고 있었다.

그리고 카베인 같은 회사의 이사직을 포기하고 할 사업이라면 그만큼 가능성이 있다는 아이템이라는 생각도 들어서였다.

이미 전에 충분한 이야기를 들었지만 솔직히 사업에 대해서는 아직 지성도 확신이 없었기에 바로 합류를 하지는 않을 생각이었다.

그렇다고 상수가 자신에게 실망을 하지 않는다는 사실을 알고 있었기 때문이다.

상수는 지성에게 사업자에 관련한 이런저런 이야기를 듣고는 바로 한국에서 사업자를 내는 것은 포기를 하게 되었다.

그래서 러시아의 바트얀에게 도움을 받아 회사를 차리려고 하였다.

"한국에서 힘들면 러시아에서 회사를 차리고 여기는 지사 정도를 만들자. 나중에 회사가 커지면 본사를 한국으로 옮기면 되지 않냐?"

"그것도 나쁘지는 않지. 한국에 본사가 있으면 정치적으로 문제가 생길 수도 있지만 러시아에 본사가 있다면 그런 점에서는 자유로울 수가 있으니 말이다."

지성과 이야기를 해보니 한국에 본사를 만드는 것보다는 러시아에서 하는 것이 더 유리하다는 생각이 드는 상수였다.

러시아는 바트얀이 회사를 차리는 것에 문제가 없다고 하였기 때문이다.

마피아의 간부인 바트얀의 말이니 이거는 믿어도 되는 말이었다.

상수는 그렇게 생각을 하고는 이미 얻은 사무실에 대한

이야기를 하였다.

"지성아, 내가 이미 사무실을 계약했는데 이거는 어떻게 하냐? 내 생각에는 그냥 사무실을 이대로 사용을 했으면 하는데 말이야."

"아니 사업자를 내기도 전에 사무실부터 계약을 한 거야?"

"어, 사무실이 있어야 사업자를 낼 수가 있잖아. 그래서 사무실부터 계약을 해서 얻었지."

상수의 천연덕스러운 대답에 지성은 황당한 얼굴이 되었지만 상수의 말도 틀리지는 않았기에 다른 말을 할 수는 없었다.

게다가 이미 얻은 사무실을 물리라고 할 수도 없는 일이었기 때문이다.

아마도 건물주가 그렇게 한다고 해서 계약금을 돌려주지는 않겠지만 말이다.

"사무실은 어디에 얻었는데?"

"강남에 얻었다. 위치가 마음에 들어서 말이야."

"주소 좀 불러봐. 지금 내가 그쪽으로 갈게."

"그래, 와라."

상수는 그렇게 사무실이 있는 위치를 지성에게 알려 주었다.

이제 막 얻은 사무실이지만 인테리어를 비롯해서 책상이나 의자 같은 집기들은 이미 다 있었다.

이는 사무실을 임대한 전 사업자가 나가면서 웃돈을 조금 주고 집기들을 일괄적으로 구입했기 때문이다.

지성은 상수가 알려준 주소로 사무실에 오게 되었다.

그런데 사무실이 자신이 생각하는 이상으로 커서 지성은 놀라고 있었다.

"무슨… 사무실을 이렇게 큰 것으로 얻은 거야?"

지선은 상수가 처음부터 너무 큰 사무실을 얻었다는 생각이 들어 하는 소리였다.

"크다고? 이곳 사무실이 미국에 있는 내 사무실보다 작은 것인데 큰 거냐?"

상수는 미국의 본사에서 생활을 했기에 사무실을 그곳을 기준으로 생각하고 구한 것이었다.

지성은 상수의 대답에 어이가 없다는 표정을 짓고 말았다.

"너 이렇게 돈을 쓰다가는 조만간 문 닫아야겠다. 처음부터 이렇게 돈을 쓰면 나중에는 어떻게 하려고 그러냐? 최대한 아껴서 자금을 사용해도 부족한데 말이다."

이제 막 사업을 시작하려는 놈이 자금에 대한 생각이 없어 보여서 하는 소리였다.

지성은 상수가 사업을 하자고 이야기를 할 정도면 최소

한 자금에 대한 생각은 하고 있을 것이라 생각했는데 지금 보니 조금 걱정이 되었다.

저렇게 돈에 대한 개념이 없이 무슨 사업을 하겠다고 하는지 이해가 가지 않았다.

상수는 지성의 말에 조금 미안한 얼굴을 하였다.

"지성아, 미안하다. 사업을 한다고 하면서 아는 것이 없어서 말이다. 그래서 네 도움이 필요하다고 한 거야."

상수는 지성이 도움을 주면 어느 정도는 사무실이 돌아갈 수 있을 것이라고 생각하고 있었다.

본사는 러시아에 만들겠지만 사실상 한국에 있는 사무실이 본사라고 보면 맞았기 때문이었다.

러시아에는 사무실도 없이 그냥 등록만 되어 있는 이른바 페이퍼 컴퍼니를 만들 생각이었다.

앞으로 실질적인 업무는 모두 한국에서 보게 될 것이기 때문이었다.

상수는 그러면서 지성에게 그러한 사정을 모두 이야기를 해주기 시작했다.

지성은 상수의 이야기를 들으면서 많은 생각을 하게 되었다.

러시아에 본사가 있다고 하였지만 실질적인 업무는 한국에서 보게 된다는 말에 조금은 안심이 되기는 했다.

물론 실질적인 업무는 한국 지사에서 보게 되겠지만 그래도 본사가 한국에 없는 것이 업무를 보는데 많은 도움이 되기 때문이었다.

그리고 가장 중요한 일이 바로 정부의 간섭이다.

하지만 러시아가 본사라면 그런 면에서는 편하게 일을 할 수가 있다는 것이 마음에 들었다.

아무래도 본사가 러시아다 보니 아무리 사장이 한국인이라고 해도 우선은 외국 회사이기 때문이다.

"그러면 사업장은 러시아에 있다고 하고 여기서는 어떤 업무를 보는 거냐?"

"내가 이번에 러시아에서 대단위 공사를 입찰하게 되었는데 아마도 그 입찰은 내가 계약을 하게 될 거야. 그러면 한국의 대기업에게 공사를 주는 거다. 그들과 업무적으로 협력을 해야 하니 한국에서 해야 하는 일도 만만치 않을 거야. 내가 계약을 딸 수 있지만 여기서 실질적인 업무를 처리해 줄 사람이 필요하니 말이야."

"뭐? 공사?"

상수의 대답에 지성은 조금 놀란 얼굴을 하고 상수를 보았다.

"그래. 공사."

"그 공사라는 것이 어떤 거냐?"

“두 가지가 있는데 하나는 유전에 대한 것이고 다른 하나는 바로 천연가스에 대한 것이다.”

“뭐? 유전에 대한 건과 천연가스에 대한 공사라고? 그것도 정부에서 주관하는?”

“그래, 맞아. 이번에 내가 입찰을 하는 공사가 바로 그거야. 러시아에서는 거의 정리가 되어 가고 있다고 연락을 받아서 사업자를 내려고 하는 거다.”

“……!”

지성은 상수의 대답을 듣고는 깜짝 놀라고 말았다.

유전이라니… 그리고 천연가스 공사라니…….

둘 다 엄청난 자본을 필요로 하는 공사다. 그런데 그런 엄청난 공사를 입찰하다니 정말 깜작 놀랄 수밖에 없었다.

자신이 생각하는 것과는 다르게 엄청난 공사를 수주하고 있다는 것을 알게 되자 지성도 조금은 마음속에 야망이 꿈틀거리기 시작했다.

지성도 나름 능력이 있는 남자였지만 기회가 없었기에 지금 다니고 있는 회사에 근무를 하고 있었지만 항상 다른 무언가를 찾고 있었기 때문이다.

그런데 친구인 상수가 하려는 사업의 규모가 자신의 생각과는 다르게 엄청난 것이라 지성의 입장에서는 솔직히 욕심이 나기도 했다.

한국 지사지만 실질적인 업무를 보는 것이라면 여기가 바로 본사라고 보아야 했기 때문이다.

"그러면 그 공사를 입찰해서 따게 되면 어떻게 하려고 하는 거냐?"

"어떻게 하기는. 말했잖아. 우리야 공사를 실행할 능력이 없으니 한국의 기업에 하청을 주는 거지. 이미 태성그룹과 재원그룹과는 어느 정도 이야기가 되었다. 그래서 내일은 재원그룹의 건설사 사장과 만나기로 했다."

지성은 상수가 대기업의 사장들과 만나고 있다는 소리에 속으로 상당히 놀라고 있었다.

벌써 그런 물밑 작업을 하고 있을지는 몰랐기 때문이다.

그리고 대기업의 인물들이 그런 정보에는 상당히 민감하기 때문에 지금 상수가 하는 말이 거짓말이 아니라는 것을 지성도 알 수가 있었다.

"태성과 재원그룹과 이야기가 되고 있다면 입찰은 거의 되었다는 이야기네?"

지성은 사실 대기업의 관계자들과는 어떻게 알게 되었는지도 묻고 싶었지만 그 마음은 감추고 다른 질문을 하고 있었다.

솔직히 그런 질문을 하는 것이 쪽팔려서 묻지 못하고 있었다.

아무리 친구라고 하지만 너무 크게 일을 하고 있다는 생각이 들자 자신도 조금은 다르게 마음을 먹어야겠다는 생각이 들어서였다.

"입찰은 걱정하지 않아도 된다. 이미 러시아 정부와도 이야기를 마친 상태이기 때문에 특별한 일이 없는 한 입찰은 내가 되기로 되었다. 그러니 이제는 한국의 기업들과 만나 조건을 들어보고 어느 기업에 줄 것인지를 고민하면 된다."

상수의 이야기를 들으니 지성은 지금 자신이 상수와 함께 하게 되면 대기업의 인물들과 만나서 계약을 해야 한다는 사실을 알게 되었다.

그것도 자신이 을이 아닌 갑의 입장에 서서 말이다.

언제 자신에게 이런 기회가 올지 모르지만 이번 기회를 그냥 놓치고 싶지는 않은 지성이었다.

솔직히 처음에 상수가 사업을 하자고 하였을 때는 믿음이 가지 않았다.

오랜만에 연락을 하더니만 사업이라니… 믿음은커녕 뜬금이 없었다.

그런데 지금 진행되는 과정을 보니 처음부터 이거는 대박이라는 느낌이 강하게 들었다. 지성으로서도 이런 기회를 놓치고 싶지는 않았다.

자신도 성장을 할 수 있는 기회였다.

그런 기회를 스스로 버리는 짓을 하면 나중에 평생 후회를 하고 살 것이다.

"그러면… 나야 합류를 한다고 치고, 한국 사무실에 근무할 사람이 있어야겠네?"

"그렇지 여기서 일을 봐줄 사람이 필요하지. 그래서 너에게 이야기를 한 것이고 말이다."

"그러면 내가 여기서 근무를 하면 직급은 뭐냐?"

"직급? 무슨 직급으로 있고 싶은데?"

상수는 직급에 대해서는 아직 별 생각을 하지 않았기에 하는 소리였다.

게다가 친구인 지성이라면 어떤 직책을 주어도 문제가 없었다.

자신은 믿고 맞길 사람이 필요했지 직급이 중요한 것은 아니었기 때문이다.

하지만 지성은 상수와는 다르게 생각하고 있었다. 한국 사회는 가지고 있는 직책에 따라 사람들의 인식과 대우가 달랐기 때문이있다.

"여기서 대기업 사람들과 만나려면 직책이 최소한 이사는 되어야 하는데 말이야."

"그래? 그러면 그렇게 해. 어차피 여기를 총괄하려면 그 정도의 직책은 있어야 할 거야. 그리고 지금은 아니지만 리차드를 여기로 데리고 올 생각이다. 나이도 우리보다는 많으니 조금 대우를 해주었으면 하는데 말이야."

지성은 상수가 카베인 한국 지사의 리처드를 언급하자 고개를 끄덕였다.

리처드는 친구인 상수가 지금의 위치에 오르게 해준 장본인이나 다름없다. 때문에 지성도 리처드에게는 고마운 마음을 가지고 있었다.

"그분도 합류하기로 했니?"

"아직 이야기는 하지 않았는데 내 생각으로는 카베인에 더 이상 미련을 가지고 있지는 않는 것 같으니 내가 권유를 하면 아마도 오게 될 거야."

"나는 찬성이다. 그렇게 능력 있고 재능이 있는 분이라면 상사로 오셔도 좋다고 생각한다."

상수는 지성이 리처드에 대한 생각을 그렇게 하고 있다고 하니 마음이 흐뭇했다.

"리처드는 부사장의 직함을 줄 생각이다. 다른 사람들은 아직 생각을 하지 않고 있으니 필요한 직원은 너한테 전권을 줄 테니까 알아서 구해."

전권을 준다는 말에 지성은 조금은 놀라고 있었다.

어느 직장을 다녀도 이렇게 전폭적인 권한을 주는 곳은 없었기 때문이다.

"그러면 내가 알아서 사람을 데리고 오라는 말이야?"

"그렇게 해도 상관없잖아? 어차피 사람이 있어야 업무를 볼 것이 아니냐? 한국에 있는 사람이 알아서 하면 되지."

상수의 말에 지성은 그냥 웃고 말았다.

상수가 한국에 오래 살기는 살았지만 그 인맥이 부실하다는 생각이 들어서였다.

지금은 달라졌지만 예전에는 상수의 인맥이라고는 겨우 친구들이 전부라는 것을 지성도 알고 있었기 때문이다.

그러니 사람을 모으려고 해도 아는 인물이 없으니 고용을 할 수가 없었다.

물론 광고를 하면 되겠지만 그보다는 인맥을 이용하여 일을 잘하는 사람으로 구하면 더 수월하기 때문이다.

지성은 상수의 처지를 생각하고는 충분히 이해를 하게 되었다.

"그러면 여기 사무실은 언제부터 시작하는 거냐?"

"난 다음 주에 입찰 때문에 러시아에 들어가야 한다. 입찰이 끝나면 바로 본격적인 업무를 시작해야 하니 지금부터 사람을 구해야 할 거야. 바로 사람들을 만나려면 지금 당장에라도 사전 작업을 해야 하니 말이다."

"흠, 그럼 시간이 너무 촉박한데……."

상수의 대답에 지성은 시간이 없다는 사실을 알게 되었다.

그러면서 머릿속이 맹렬하게 움직이기 시작했다.

자신이 알고 있는 인맥을 생각하며 누구를 먼저 고용을 해야 할지를 말이다.

지성도 대학물을 먹은 인재였기에 그가 아는 이들도 제법 많았다.

그런 인맥을 이용하면 단시간에 많은 이들을 충분히 고용할 수가 있을 것 같았다.

"뭐, 시간이 부족하긴 하지만 이곳에서 일할 사람들은 내가 알아서 고용을 할게. 너는 외부적인 일을 처리해라. 안에서는 내가 책임지고 일을 처리해 줄게."

"그래. 내가 원하는 것이 바로 그런 거다. 안에 일은 네가 하고 밖의 일은 내가 하고. 그렇게 하면 어렵지 않잖아."

상수는 내부적인 업무를 보는 것보다는 지금처럼 외부로 나가 일을 하는 것이 더 적성에 맞았다.

지금은 자신이 회사를 키우기 위해 부지런히 움직이는 수밖에 없었기 때문이다.

지성은 상수가 참 편하게 말을 한다는 생각이 들었다.

하지만 그렇다고 그리 틀린 말도 아니었기에 다른 말은 하지 않았다.

"우선 사무실을 꾸미려면 당장 자금이 필요한데 자금은 어떻게 할 생각이냐?"

"우선 회사명의 통장을 개설하고 거기에 자금을 넣어 줄 테니까 쓰도록 해."

"자금은 얼마나 생각하는데?"

"일단은 자본금을 백억 정도 생각하고 있는데… 적을까?"

"헉! 백억이라고? 그 정도의 자금이 있기는 하냐?"

"그 정도는 충분히 있으니 사업을 한다고 하는 거지. 나 이래 보아도 미국에서는 제법 잘 나가는 회사의 이사로 있던 사람이야."

상수는 자신이 계약을 하면 얼마나 보상을 받는지를 지성에게 이야기해 주었다.

백억이면 정말 억 소리 날 정도로 많은 금액이지만 이번 카자흐스탄에서 성공한 보상금만 해도 그 정도의 금액은 되었기 때문이다.

지성은 상수의 말을 들으면서 기절할 것 같은 기분이었다.

자신의 친구인 상수는 자신의 생각과는 완전히 다른 인물이 되어 있었기 때문이다.

얼마 전까지만 해도 경비나 하던 놈이 이제는 완전 달라져서 세상을 보는 눈도 달라져 있었다.

원래 상수가 배포가 크다는 사실을 알고 있었지만 이 정도로 큰지는 오늘 처음 알게 되었다.

그리고 초기 자본이 백억이라고 하니 지성은 솔직히 마음이 안심이 되기도 했다.

이미 계약에 대해서는 걱정이 없다는 말을 하였으니 시작과 동시에 많은 돈을 벌 수 있을 것이라는 생각이 들어서였다.

"그러면 우선 회사의 사명은 정하고 있는 거냐?"

"아, 아직 정하지 않았는데 어떤 것이 좋을까?"

상수는 아직 회사의 이름도 정하지 않았다고 하자 지성은 그런 상수를 그냥 멍하니 쳐다보았다.

도대체가 사업을 한다는 놈이 준비를 하나도 하지 않고 사업을 한다고 하고 있었기 때문이다.

"우선 사명부터 정하고 나서 은행으로 가자. 어차피 여기 한국의 사무실이 지사지만 실질적인 업무를 보아야 하는 곳이니 말이다."

"그렇게 하자."

상수와 지성은 그렇게 회사의 이름을 짓게 되었고 지성은 상수에게 부족한 것들을 일일이 챙겨 주며 사무실 개소 준비를 하게 되었다.

그렇게 하나하나 일이 진행되는 동안 상수는 러시아에 직접 전화를 걸었다.

바트얀에게 회사에 대한 이야기를 하려는 것이다.

본사의 사명은 한국적인 이름이 아닌 해외에 있는 회사이기 때문에 색다르게 이름을 지었다.

그래서 나온 것이 코리아시티.

그렇게 이름을 정하고는 바로 전화를 걸었다.

"형님. 러시아에 회사를 만들어 주세요. 여기는 복잡한 것이 많아 시일이 걸린다고 하네요."

—그래? 그러면 우선 여기서 회사를 설립하고 지사 형식으로 거기 한국에서 업무를 보면 되겠네. 그래 이름은 어떤 것으로 했나?

"코리아시티라고 지었습니다. 그렇게 회사명으로 해서 설립을 해주세요. 그리고 회사를 만들면 바로 해외 계좌를 개설할 수 있게 해주십시오. 우선 자금을 이체해야 하니 말입니다."

—알겠네. 바로 처리를 해서 알려 주지.

바트얀은 상수의 말에 대답을 하고는 바로 수하들에게 지시를 내렸다.

그렇게 마피아가 움직이니 회사는 바로 설립이 되었고 상수가 원하는 모든 것을 순식간에 만들 수가 있었다.

제4장 회사의 인물을 영입하다

UNION BANK

한국에 구한 사무실은 코리아시티의 한국 지사로 이름을 정하게 되었다.

지성은 이사라는 직책을 가지게 되었고 상수는 지성이 알아서 일을 할 수 있도록 모든 전권을 맡긴 채 자금만 통장으로 이체를 시켜 주었다.

본사에서 지사로 보내는 자금으로 처리를 해 우선은 오십억을 이체해 주었는데 아직 특별한 일이 없는 형편에서 그 정도면 충분하고도 남았다.

“우선은 오십억을 입금했으니 그 돈으로 일을 보고 만약 부족하면 언제든지 전화를 해라. 바로 입금을 해줄게."

—부족은 무슨. 걱정 말고 일이나 잘 봐라.

상수는 한국의 일을 모두 지성에게 처리를 하게 할 생각이었기에 자금에 대한 걱정은 하지 않도록 해 주려고 하였다.

지성은 그런 상수의 대답에 그냥 웃기만 하였다.

회사를 설립하는데 불과 하루가 걸렸다고 하면 아마도 놀라지 않을 사람이 없을 것이다.

비록 러시아에서 마피아의 도움을 받았다고는 하지만 이렇게 빨리 될지는 지성으로서는 정말 상상도 하지 못했다.

덕분에 한국 지사 역시 빨리 만들 수가 있었지만 말이다.

지성은 상수가 지원해 준 금액으로 우선은 사무실에 필요한 집기들을 구하였다.

회사의 카드는 두 장이었는데 하나는 상수가, 하나는 지성이 가지고 있었다.

"여기 일은 이제 시간이 필요한 일만 남은 것 같으니 집에 가서 좀 쉬었다가 나가도록 해라."

지성이 보기에는 우선 지사의 설립이 급했기에 하는 소리였다.

그리고 당장 사람도 구해야 했다.

사무실에 필요한 것들을 먼저 구입을 하고 나서는 바로 사람들을 구하려고 하고 있었다.

"그래, 나머지는 알아서 하고 나는 내일까지 집에서 쉬고 모레 바로 떠나야 할 것 같다. 그리고 러시아의 일이 끝나면 바로 미국으로 갈 생각이다. 거기도 가서 정리를 하고 오는 것이 좋을 것 같으니 말이다."

한 달이라는 시간을 휴가로 받았지만 상수는 이미 사업을 하기로 결정한 시점에서 회사에 대해서는 미련이 없었다.

지성도 상수의 말을 듣고 상수가 미국에 가서 회사에 대한 것들을 정리하고 와야 한다는 사실을 알고 있었다.

어차피 퇴사를 하는 것이지만 그래도 깨끗하게 정리를 하는 것이 상수의 입장에서는 좋았기 때문이다.

앞으로 어떻게 될지는 모르지만 저들과 만나지 않는다는 보장이 없었기에 서로에게 좋지 않은 인상을 심어 주지 않았으면 하는 생각이 들었다.

카베인의 입장에서는 상수와 같은 인물을 놓치고 싶지 않겠지만 상수의 입장에서는 카베인에 남아 있는 것보다는 자신의 능력을 마음껏 펼칠 수 있는 사업이 오히려 매력을 느끼게 하고 있었다.

"그렇게 해라. 카베인과는 좋게 마무리를 하고 돌아와라."

"그렇게 할게. 그런데 혹시 모르지만 카베인에서 나를 따라 여기로 올 사람이 있을지도 모르겠다."

상수는 자신을 따르는 두 여인을 염두에 두고 하는 말이었지만 지성은 상수가 그래도 부서장이었기 때문에 상수를 따르는 직원들이 있다고 오해를 하고 있었다.

"카베인과 같은 대기업에서 너를 따라 여기로 온다면 우리야 환영이지. 언제든지 오라고 해라. 우리는 준비가 되어 있으니 말이다."

"그래, 고맙다. 나 지금 리처드 지사장을 만나러 간다."

"알았다. 잘 되었으면 좋겠다."

상수는 그렇게 지성과 이야기를 마치고는 바로 리처드 지사장을 만나기 위해 움직였다.

리처드와는 이미 약속이 되어 있어 바로 가기만 하면 되는 일이었다.

카베인의 한국 지사에 도착한 상수는 조금 감회가 새롭다는 느낌을 받고 있었다.

"여기를 오니 이상하게 느낌이 다르게 느껴지네."

상수는 카베인 한국 지사 건물을 보며 새로운 느낌을 감상하고 있었다.

그렇게 잠시 동안 감상에 빠져 있던 상수는 바로 안으로 들어갔다.

사무실의 문을 열고 안으로 들어가자 직원들은 놀란 눈을 하고는 상수를 보았다.

"어? 이사님이시잖아?"

"어디? 어디?"

"진짜네."

이들은 상수가 이미 본사의 이사로 진급을 하였다는 사실을 알고 있었다.

그때 예린이 나오다가 상수를 보고는 아주 환한 미소를 지으며 반갑게 인사를 하였다.

"어머, 정 이사님이 여기는 어쩐 일이세요?"

"하하하, 예린 씨는 항상 그렇게 밝게 웃어 주니 기분이 좋습니다. 오늘 지사장님과 약속이 있어 오게 되었습니다. 다른 분들도 모두 잘 계셨습니까?"

"예, 이사님 어서 오십시오."

"정 이사님, 정말 반갑습니다."

직원들은 오랜만에 상수를 보는 것이라 친절하게 인사를 해주었다.

상수는 그런 직원들에게 간단하게 인사를 하고는 바로 지사장실로 갔다.

똑똑.

"들어오세요."

문이 열리면서 상수가 들어가자 리처드는 환한 미소로 상수를 반겨 주었다.

"어서 오세요, 정 이사님."

"지사장님, 잘 계셨습니까?"

"하하하, 저야 항상 그렇지요. 우선 여기로 앉으세요."

리처드는 자리를 권해 주었고 상수는 리처드의 권유로 자리에 앉게 되었다.

리처드와 상수는 차를 마시며 간단하게 그간의 근황을 물으며 이야기를 나누었다.

그렇게 차를 마시며 어느 정도 시간이 흘렀을 무렵, 상수가 이곳에 온 목적을 밝혔다.

"리처드 지사장님, 사실 오늘 제가 만나자고 건 드릴 말씀이 있어서입니다."

"아니, 무슨 말씀이기에 이렇게 조심스럽게 하십니까. 무섭습니다."

상수의 조심스러운 말에 리처드가 너스레를 떨었다.

"제가 이번에 사업을 시작하게 되었습니다."

"네? 사업이라고요?"

리처드는 상수가 뜬금없이 사업이라는 소리를 하자 놀란 얼굴을 하며 쳐다보았다.

"예, 제가 이번 카자흐스탄에서 공사를 계약한 사실을 알고 계실 겁니다. 그때 제가 러시아의 마피아 간부와 인연을 맺게 되었습니다."

그 말을 시작으로 상수는 자신이 새롭게 사업을 시작하게 된 계기를 말하기 시작했다.

러시아의 마피아 총보스와 의형제를 맺게 되어 러시아에서 하는 사업은 크게 걱정이 없다고 해주었고, 러시아의 국영 기업체들도 모두 마피아와 연관이 있기 때문에 그곳에서 하는 입찰은 거의 자신이 가질 수가 있다는 말도 해 주었다.

러시아라는 나라가 작은 나라도 아니었기에 리처드는 상수의 말을 듣는 동안 속으로 상당히 놀라고 있었다.

스스로 정보가 빠르다고 생각하고 있었는데 상수가 하는 말은 리처드로서도 금시초문이었기 때문이다.

자신이 상수를 처음에 데리고 올 때도 상수가 보통이 아니라는 생각은 하였지만 이제는 자신이 생각하는 것 이상의 인물이라는 생각이 들게 되었다.

"그래서 리처드 지사장님이 저와 함께 해주셨으면 하는 부탁을 하기 위해 오게 되었습니다."

"흠……."

상수는 리처드에게는 아주 상세하게 설명을 해주었다.

물론 그렇다고 자신이 가진 능력을 말한 것은 아니지만

상황에 대해서는 어차피 알게 되기 때문에 자세하게 이야기를 해 주었다.

리처드는 상수의 설명을 모두 듣고는 고민에 빠져 들었다.

지금 자신이 근무를 하는 카베인은 물론 좋은 곳이다. 세계적으로 유명한 대기업에 대우도 좋다.

하지만 반대로 회장과 부회장 사이의 파벌 싸움으로 인해 자신은 이제 더 이상 위로 올라갈 수가 없다는 사실을 리처드도 인정하고 있었다.

하지만 상수와 함께 한다면?

지금까지의 안정적인 생활은 포기해야겠지만 반대로 새로운 도전을 통해 성취감을 느낄 수 있을 것이다.

아무리 리처드 지사장이 능력 있는 사람이라지만 조금은 망설여졌다.

리처드의 표정에서 상수는 지금 리처드가 망설이고 있다는 것을 알 수 있었다.

"지사장님,! 저와 함께 세계를 무대로 꿈을 펼치는 것도 남자로서 멋진 일이 아니겠습니까! 저는 지사장님과 함께 그런 꿈을 꾸고 싶어서 이렇게 온 겁니다."

"……."

"저에게 이런 새로운 세상을 보여 주신 분이 바로 지사장님 아니십니다. 그러니 지금 이렇게 말씀드리는 겁니다. 카베인에서 이렇게 지내는 것보다는 예전의 꿈을 제대로! 펼쳐 보는 것이 좋지 않습니까!"

상수의 말에 리처드는 눈빛이 불타기 시작했다.

리처드는 누구나가 인정할 정도로 발군의 능력을 가진 인재다.

하지만 문제는 본사의 두 상급자들이다.

그들은 그런 리처드를 견제하기 위해 본사가 아닌 해외로 파견을 보냈고, 그 때문에 리처드는 지금 자신의 능력을 보여 주고 싶어도 할 수가 없는 상황이었다.

리처드에게도 그런 문제가 늘 불만이었지만 그렇다고 불만 때문에 회사를 그만둘 수도 없는 입장이었다,

자신에게는 책임을 져야 할 가족들이 있었기 때문이었다.

리처드는 내심 항상 그런 불만을 가지고 있었는데 오늘 상수가 와서 그런 불만에 제대로 불을 붙이고 있었다.

"내가 만약에 가게 되면 대우는 어떻게 되는 겁니까?"

리처드의 대답에 상수는 입가에 미소를 지으며 바로 대답을 하였다.

"우선은 부사장의 직책을 생각하고 있습니다. 본사는 러시아에 두고 한국 지사를 운영할 생각입니다."

“본사가 러시아라…….”

“네. 하지만 러시아에 있는 본사는 페이퍼 컴퍼니입니다. 한국 지사가 실질적인 본사의 역할을 하게 될 겁니다. 한국 지사의 일이 자리 잡을 때까지 당분간은 부사장님이 한국에서 업무를 해주시고, 어느 정도 시간이 지나면 저와 함께 해외로 나가 일을 하시면 됩니다.”

상수는 그렇게 말을 하면서 지금의 사정에 대해 아주 상세하게 이야기를 해주기 시작했다.

회사를 설립하는 것에 한국에서는 문제가 있어 결국 본사는 러시아에 있는 것으로 하고 실질적으로는 한국 지사가 본사의 역할을 하면서 회사를 운영하려고 한다고 말이다.

그리고 친구인 지성이 지금 이사로 있으면서 서류적인 문제를 처리하고 있다는 이야기도 해 주었다.

리처드는 상수의 설명을 들으면서 부족한 것들이 있는지를 생각해 보았다.

“이야기는 잘 들었습니다. 그런데 아직 부족한 것들이 많은 것 같습니다. 그중에 하나가 바로 법률적인 문제입니다. 한국에서 사업을 하려면 고문 변호사가 있어야 합니다. 그래야 나중에 문제가 생기지 않으니 말입니다.”

“그런 문제는 알아서 처리를 해주실 것으로 믿으니 제가 오시라고 하는 겁니다.”

"흠……."

상수가 열변을 토하는 동안에도 리처드 지사장은 신음성을 흘리며 생각에 잠겨 있었다.

아마도 상수의 말을 들으면 갈등하고 있을 것이다.

그만둘지…, 말지를…….

"그리고 제가 사장이기는 하지만 일에 대해서는 자율적으로 해주기를 바라고 있습니다. 회사에 속해 있기는 하지만 자신의 능력을 마음껏 펼칠 수 있는 그런 회사가 되었으면 하는 생각에 이번에 사업을 하는 겁니다. 도와주시겠습니까?"

상수는 아주 진지한 눈빛을 하며 리처드를 보며 도움을 요청하였다.

리처드는 그런 상수의 눈빛을 보며 속으로 저런 인물이라면 함께 해도 좋겠다는 생각이 들었다.

"제가 생각할 시간은 언제까지 입니까?"

"제가 곧 러시아로 떠납니다. 물론 러시아의 일을 마치면 바로 미국으로 갈 생각입니다. 가서 정리를 하고 돌아와야 하니 말입니다. 그때까지는 시긴이 있으니 생각해 보시고 답변을 주시면 됩니다."

"본사로 가서 정리하는 것이야 그리 오래 걸리지는 않을 것이니 대략적으로 앞으로 십여 일 정도의 시간이 있다는 말이네요."

리처드는 상수의 말을 듣고는 남아 있는 시간을 계산해 보았다.

"저도 그 정도의 시간이 걸릴 것으로 보고 있습니다."

"알겠습니다. 그 안에 결정을 해서 연락을 드리도록 하겠습니다. 이제부터는 이사님이 아니라 사장님이시네요. 하하하."

리처드의 말에 상수는 흐뭇한 미소를 지었다.

리처드의 대답 속에 이미 자신과 함께 하겠다는 뜻을 느끼게 되어서였다.

"하하하, 사장이라고 불리는 것보다는 같은 동료로 생각해 주시는 것이 더 좋습니다."

상수의 대답에 리처드도 입가에 미소를 지었다.

참 마음에 드는 대답이라는 생각이 들어서였다.

함께 걸어가는 동료라는 말을 하는 사장이라면 믿음이 가서였다.

그리고 실질적으로 상수와 같은 인물이라면 믿을 수가 있다는 생각이 리처드에게 강하게 남아 있기도 했고 말이다.

리처드는 상수가 본사에 가서 한 일들을 모두 알고 있었다.

그 능력이라면 사업을 해도 크게 성공을 할 수 있을 것이라는 생각을 하고 있었다.

다른 사람은 몰라도 상수에 대한 것만은 리처드도 확신을 가지고 있었다.

그만큼 상수가 보여준 것들은 남들에게는 대단한 것이기도 했기 때문이다.

상수는 그렇게 리처드의 마음을 흔들었고 리처드가 코리아시티라는 회사로 옮기려는 마음을 가지게 하는 계기를 주고 있었다.

상수는 리처드와의 만남에 아주 흡족한 결과는 아니었지만 이미 마음은 자신과 함께 하려는 것을 느꼈기에 매우 만족한 기분으로 돌아왔다.

내일이면 이제 러시아로 가서 입찰에 참가를 해야 했기 때문이다.

아직 휴가는 남아 있었지만 남은 휴가 기간 동안 해야 하는 일들이 많았기에 쉴 시간은 없었다.

상수가 그렇게 분주하게 움식이고 있을 때, 미국의 카베인 본사에서는 지금 피터슨 회장이 상수에 대한 보고를 받고 있었다.

"부회장의 사람이 한국으로 가서 직접 정 이사를 만났다고?"

"예, 어제 정보를 받았습니다. 정 이사가 당사자를 만나기는 했지만 그 자리에서 거절을 한 모양입니다. 만난 지 얼마 지나지 않아 헤어졌다고 한 것을 보면 말입니다."

피터슨은 그런 보고를 들으며 속으로 웃고 있었다.

이미 자신은 상수가 휴가를 간다고 할 때 그런 일들을 예상하여 상수와 많은 이야기를 해두었기 때문이었다.

피터슨은 부회장이 상수에게 제시를 할 것이 무엇인지를 생각해 봤다.

저들이 줄 수 있는 것보다는 더 좋은 조건으로 상수에게 이야기를 해주었다.

"정 이사는 걱정을 하지 않아도 될 거야."

아직 이들은 상수가 사업을 한다는 보고를 받지 못했기 때문에 이런 이야기를 하고 있는 중이었다.

하지만 만약에 상수가 회사를 그만 두겠다고 말하면 피터슨의 얼굴이 어찌 될지는 아직 아무도 모르는 일이었다.

피터슨 회장도 나름 영향력이 있는 인물이었기 때문이다.

상수가 회사를 그만 두고 사업을 한다고 하면 어찌 나올지는 아무도 모르는 일이었다.

피터슨 회장이 방해를 하게 되면 상수의 입장에서도 그

리 좋지만은 않았기 때문이다.

물론 적이라고 생각이 들면 상수도 가만히 있지는 않겠지만 말이다.

제5장 러시아에 가다

UNION BANK

리처드와의 일을 처리한 상수는 얼마 후 러시아행 비행기를 타고 있었다.

"이제 사업을 시작하게 되었으니 지금까지보다는 더욱 많이 움직여야겠다. 리처드 지사장도 나와 함께 할 것 같으니 말이야."

상수는 우선적으로 러시아의 일을 먼저 하고 점차적으로 회사를 키울 생각을 하고 있었다.

그리고 가장 문제가 되는 것은 본사를 미국에 두는 것이었는데 그렇게 해야 나중에 금융권에서 받는 혜택이 많았기 때문이었다.

이는 바트얀도 그렇게 하라는 말을 하였고 말이다.

러시아의 기업들은 유럽의 금융권만을 이용을 하고 있었다.

하지만 상수는 전 세계를 무대로 움직일 생각이기 때문에 미국의 금융권과의 거래를 해야 했다. 때문에 지사를 내던지 아니면 본사를 미국으로 옮기는 것도 나쁘지 않은 선택이기는 했다.

복잡한 문제는 리처드나 지성이 알아서 처리를 하면 되니 상수는 그런 문제는 신경을 쓰지 않고 오로지 계약에만 집중을 하려고 하고 있었다.

사실 그런 문제를 해결하기 위해 능력이 있는 인물들을 데리고 오는 것이기도 하고 말이다.

그렇지 않으면 무엇 때문에 많은 돈을 주고 데리고 오겠는가 말이다.

이런저런 생각을 하고 있던 상수는 비행기가 러시아에 도착을 했다는 안내 방송을 듣고야 생각을 정리하게 되었다.

"나는 그냥 앞으로 나가는 것만 신경 쓰고 나머지는 한국에서 알아서 처리를 하도록 하자. 나 혼자 모든 것을 할 수는 없는 일이니 말이야."

상수는 그렇게 결론을 내렸다. 러시아로 오는 내내 생각에 잠겼었는데 결론을 내리니 마음을 편했다.

"이렇게 간단한 것을……."

모스크바 비행장에 내린 상수를 마중 나온 사람은 다름이 아니라 바트얀의 수하였다.

"어서 오십시오."

"예, 고맙습니다."

상수는 차를 타고 이동을 하였고 바로 러시아 총보스에게 가게 되었다.

이렇게 상수가 러시아에 도착해 총보스를 만나기 위해 움직이고 있을 때 모처에서는 다크세븐의 간부들이 모여 회의를 하고 있었다.

쾅!

"아니 미국이 작은 나라도 아니고! 그렇게 큰 나라에 있는 정보원들과 암살자들이 사라졌다는 것이 말이 되는 소리입니까!"

"나도 이해가 가지 않는 일이지만 지금 사태가 상당히 힘들게 진행이 되고 있다고 합니다."

"그러면 미국을 관리하는 간부는 지금 어디에 있습니까! 왜 당사자는 오지도 않고 다른 분이 이런 보고를 하는 겁니까!"

다크세븐은 기본적으로 점 조직이다. 중앙에서는 철저하게 지역을 관리하기 때문에 각 지역의 관리자가 아닌 다른 사람은 정보를 알지 못한다.

또한 다른 사람이 관리하는 지역에 대한 침범을 조직에서 용서를 하지 않고 있었다.

그만큼 자신들의 구역에 대해서는 따로 구분을 하고 있었기 때문이다.

“조직원뿐만 아니라 미국을 책임지고 있는 간부도 사라지고 없어서 내가 대신 보고를 하는 겁니다. 지금 미국에서는 누구인지는 모르지만 엄청난 공격을 받고 있다고 합니다.”

“공격을요? 아니 감히 누가 우리 조직을 공격한다는 말입니까?”

보고자의 말에 수장의 언성이 높아졌다.

“게다가 우리가 너무 지역을 구분하는 바람에 조직이 공격당하고 있다는 정보가 전달되지 않아서 그런 것 같습니다.”

미국의 조직원들이 공격을 받고 있고, 또 이미 상당한 피해를 입었다는 보고를 받자 남자는 크게 흥분을 한 얼굴이 되어 버렸다.

“만약 그런 곳이 있다면 절대 용서하지 않을 것입니다.

우선 미국에 대한 정보가 필요하니 본부의 인원을 보내서 확실한 정보를 모으도록 하겠습니다."

다크세븐의 본부에는 각 나라의 조직과는 별도의 조직을 가지고 있었다. 이를 통해 각 지역을 지원해 주기도 하고, 범 조직적인 일을 하기도 하는 것이다.

물론 본부의 세력이 가장 강한 힘을 가지고 있었고 말이다.

이들 다크세븐은 서로 간의 권력과 힘을 가지기 위해 여러 명의 인물이 모여 이룬 세력이었기 때문에 실질적으로 뭉치지는 않지만 서로 간의 협력을 하고 있었다.

그렇기 때문에 다크세븐은 하나의 단체이기는 하지만 실질적으로 보면 여러 개의 단체가 하나의 이름으로 모여 있다고 보아야 했다.

다크세븐은 미국에서 벌어진 조직의 와해에 관한 조사를 착수하게 되었고, 조사를 벌이게 되자, 누군가 자신들을 공격하고 있다는 사실을 알게 되었다.

그런 보고를 받은 수장은 크게 분노를 하게 되었다.

쾅!

"감히 우리 다크세븐을 공격하는 무리들이 있다니 이는 절대 방관할 수 없는 문제다. 총력을 기울여 놈들이 누구인지를 밝혀라. 그리고 조직의 모든 힘을 동원해서라도 놈들에게 보복을 해야 한다. 우리가 결코 약하지 않다는 사실을 전 세계의 사람들이 알게 해야 한다. 무슨 뜻인지 알겠나!"

"알겠습니다. 반드시 놈들에 대한 것을 찾겠습니다."

수장의 지시로 본부의 많은 이들이 미국으로 넘어가게 되었다.

미국에 남아 있는 사우디의 정보원들은 다크세븐의 움직임을 주시하고 있었기 때문에 이런 상황을 주시하고 있었다.

하지만 정보원들은 다크세븐의 동향을 파악만 하고 있을 뿐, 이들의 행동을 행해하거나 하는 등의 움직임은 보이지 않았다.

이는 상수가 사전에 새로운 놈들이 나타나면 놈들에게 접근을 하지 말고 주시만 하라는 지시를 하였기 때문이다.

한편, 상수는 러시아의 총보스와 만남을 가지고 편안한 마음으로 바트얀이 있는 곳으로 가고 있었다.

띠리리리.

그때 상수의 품에 있는 핸드폰이 울렸다.

"국장님, 지금 미국에 다크세븐의 새로운 인물들이 대거 등장을 하고 있습니다. 아마도 놈들의 본부에서 지원을 나온 것 같습니다."

"지원을?"

상수는 갑작스러운 전개에 잠시 놀랐지만 이내 차분하게 정신을 가다듬고는 지시를 내렸다.

"우선은 놈들에 대한 신상을 털어 보세요. 어디의 누구인지를 알게 되면 놈들의 본부가 어디에 있는지를 파악할 수가 있을지도 모르니 말입니다. 그리고 우리는 당분간 놈들에게 접근을 하지 마세요. 아니 미국의 정보원에게 우리가 가지고 있는 정보 중 일부를 흘리세요. 그렇게 되면 우리하고는 상관없이 미국의 정보원들과 놈들이 전쟁을 할 수도 있으니 말입니다."

상수의 지시를 받은 요원은 상수의 말에 자신도 모르게 입가에 미소를 지었다.

"알겠습니다. 그렇게 하겠습니다, 국장님."

사실 이들은 미국에서 활동을 하기는 하지만 미국에 그리 좋은 감정을 가지고 있는 것은 아니었다.

이들의 출신이 사우디이니 당연한 것이다.

그런 미국의 정보원들에게 은밀하게 정보를 흘리면 아마도 미국의 정보원들은 다크세븐의 인물들을 조사하려고 할 것이고 이로 인해 다크세븐과 미국 정보원 간에 전쟁이 일어날 수도 있었기 때문이다.

다크세븐을 상대하는 것이 중요하기는 하지만, 상수는

그 과정에서 요원들이 다치는 것을 바라지 않았다.

때문에 미국에 정보를 흘릴 것을 지시한 것이지만 상황이 아주 절묘하게 맞아 들어가서 미국의 정보원과 다크세븐의 전쟁이 실지로 일어날 수도 있는 상황이 되고 있었다.

미국 CIA 전략정보실.

이곳에서는 지금 최근 입수한 새로운 정보를 가지고 회의를 하고 있었다.

"이 정보는 어디서 얻은 것인가?"

"저희 정보원이 직접 현장에 가서 얻은 겁니다."

그러면서 상황에 대해 설명을 하게 되었다.

이 새로운 정보는 최근 현장요원 중 한 명이 다크세븐의 인물로 추정되는 인물을 미행하다 우연한 기회에 얻은 것이었다.

물론 그 다크세븐의 인물은 가상의 인물이다.

하지만 워낙 은밀하게 위장을 하여 CIA 측에서는 미행을 한 인물이 아마도 다크세븐의 간부들 중에 한 사람으로 여기고 있었다.

"흠, 그러면 이 정보는 모두 사실이라는 말인데 안의 내용을 확인해 보았나?"

"예, 이미 확인을 했는데 모두 사실이었습니다. 이번에 얻은 정보를 이용하면 다크세븐의 확실하게 정리할 수가 있을 것 같습니다. 그동안 우리가 추적을 하고는 있었지만 놈들에 대한 추적이 쉽지 않았는데 이번 기회에 확실하게 놈들을 정리하는 것도 나쁘지 않다고 생각합니다."

"흠."

국장은 이야기를 들으며 한편으로 기분이 좋았지만 다른 한편으로는 무언가 이상한 느낌이 강하게 들었다.

"흠, 그런데 나는 조금 이상한 느낌이 강하게 들어서 말이야."

"보스, 이상한 상황도 아닙니다. 다크세븐의 놈들이 그동안 얼마나 비밀스럽게 일을 하고 다녔습니까? 최소한 우리 미국에서는 놈들의 움직임을 봉쇄를 하는 것이 좋다고 생각합니다."

하기는 다른 나라에서는 잡지 못하는 놈들을 미국에서 정리를 하게 되면 다른 곳보다는 위상이 달라진다는 사실을 국장이 모르지는 않았다.

"정말 놈들을 정리할 수가 있겠는가?"

"예, 이미 파악이 된 놈들을 잡아 들여 그들에게 정보를 들으면 된다고 봅니다."

국장은 부하 직원이 자신감 넘치는 대답에 마음속으로 찜찜한 부분을 잊고 바로 결단을 내리게 되었다.

"좋아, 그러면 그렇게 추진을 해봐. 내가 전적으로 지원을 해주지. 하지만 망신을 당하게 되면 그 뒷감당을 해야 할 거야."

"예, 밀어만 주십시오. 제가 책임지고 놈들을 정리하겠습니다."

미국의 정보부는 상수의 계략인지도 모르고 다크세븐과 그렇게 전쟁을 하게 되었다.

하지만 이들에게 불리한 것만 있는 것은 아니었는데 바로 이들이 시작을 하는 곳이 미국이기 때문이었다.

원래 동네에서는 똥개도 점수를 먹고 시작한다는 말이 도는 것처럼 미국에서 시작을 하기 때문에 정보부의 인물들에게도 타산은 있었다.

그리고 저들에 대한 정보도 상수가 은밀하게 전해 주고 있었기 때문에 다크세븐과 전쟁에서 무조건 지고 시작을 하는 것은 아니었기 때문이다.

상수의 계략으로 다크세븐은 사우디의 요원들이 아닌 미국의 정보부와 한판 전쟁을 하게 되었지만 상수는 그런 일에는 신경도 쓰지 않고 있었다.

"형님, 반갑습니다."

"하하하, 어서 오게. 어디 불편한 것은 없고?"

"그럼요. 러시아에 와서는 아주 편하게 다녔습니다."

"그래야지, 감히 우리 마피아의 친구에게 해를 입히는 놈이 있다면 그놈은 이미 죽은 목숨이니 말이야."

바트얀의 대답에 상수는 미소로 답변을 대신하였다.

사실 바트얀이 자신을 상당히 신경을 써주고 있다는 것을 상수도 모르지는 않았다.

그만큼 러시아 마피아는 상수에게 많은 것을 주려고 하고 있었다.

"그런데 형님. 회사 설립은 하였는데 제가 러시아에 사무실도 없이 해도 되는 겁니까?"

"하하하, 자네 사무실은 우리가 이미 마련을 해두었네. 마피아가 관리를 하는 건물에 사무실이 있는 것으로 해두었으니 문제는 없을 거네."

마피아가 관리를 하는 건물에 사무실이 있다고 하는 것을 보니 아마도 코리아시티라는 회사는 마피아가 운영을 하는 회사라고 이야기를 한 모양이었다.

그렇지 않으면 그런 혜택을 받을 수가 없었기 때문이었다.

하기는 상수는 마피아의 친구이니 그런 혜택을 충분히 받을 자격이 되기는 했다.

"아무튼 그렇게 세심하게 신경을 써주셔 감사합니다."

"하하하, 자네는 나의 은인이자 동생이지 않나? 우리 러시아 마피아의 사람들은 가족에게는 목숨을 걸고 책임을 진다네."

바트얀의 말에 상수는 가슴이 찌릿한 느낌을 받았다.

마피아의 인물들도 가족에 대한 정만큼은 진하게 느껴지기 때문이었다.

"형님의 은혜, 언제인가 갚을 날이 있을 겁니다."

"우리 그런 이야기는 그만 하고 다른 이야기를 하세."

바트얀은 상수가 고맙다는 인사를 하니 이상했는지 말을 돌리고 있었다.

마피아의 인물들이 어디서 이런 감사의 인사를 받아보겠는가 말이다.

그리고 은인에게 그런 인사를 받으니 조금 쑥스럽기도 했던 모양이었다.

상수는 그런 바트얀의 보며 참 정이 많은 사람이라는 생각이 들었다.

'형님, 지금은 도움을 받지만 시간이 지나면 제가 도움을 드리게 될 겁니다. 그때 가서는 정말 확실한 도움을 드리겠습니다.'

상수는 속으로 그렇게 생각을 하였다.

이들에게 받는 도움이 지금은 자신이 필요해서 받지만 나중에는 그 이상의 것을 이들에게 주려고 하고 있었다.

평소 남자라면 최소한 그런 자존심을 가지고 있어야 한다고 생각하는 상수였기 때문에 받은 이상으로 상대에게 돌려주어야 했다.

"회사의 설립에 들어간 자금은 어떻게 처리를 하셨습니까?"

"자금은 걱정하지 않아도 되네. 전에 내가 자네에게 주겠다고 하였던 것들 중에 일부를 정리하고 마련한 것이니 말이야."

바트얀은 상수가 목숨을 구해 주었기 때문에 러시아로 와서 자신의 명의로 있던 건물들 중에 두 개를 상수의 앞으로 이전을 해주었다.

러시아에 있는 건물이기 때문에 상수는 그냥 받고 두었는데 이번에 자금을 마련하기 위해 그 건물들 중에 하나를 처분한 모양이었다.

상수는 어차피 러시아에 살 것도 아니고 건물이 필요가 없었다. 하지만 바트얀이 준 선물이라 팔지 않고 가지고 있었는데 그게 이번에 도움을 수었던 것이다.

"잘 하셨습니다. 그러면 남은 것들도 정리를 하는 것이 좋지 않을까요?"

"하나 남은 건물은 위치가 좋아 아직 팔지를 않았네. 아직은 팔 시기가 아니니 조금 더 기다려 보게. 그리고 총보스께서 주신 집은 절대 팔지 말게. 의형제를 맺은 기념으로 준 저택을 팔면 상대에 대한 예의가 아니니 말일세."

바트얀은 상수가 러시아에 정착을 하지 않을 생각이라는 것을 알기에 하는 소리였다.

저택이라도 남아 있어야 나중에 놀러라도 올 수가 있기 때문에 팔지 못하게 하였다.

"당연한 말씀이십니다. 형님이 주신 집을 팔다니요. 당치도 않습니다. 앞으로도 제가 러시아에 자주 와야 하는데 묵을 숙소는 있어야지요. 그 집은 그냥 제가 별장처럼 사용을 할 생각입니다."

그냥 입에 바른 소리가 아니라 상수는 진짜로 저택을 별장처럼 이용할 생각이었다.

그리고 앞으로도 러시아에서 지내야 하는 시간이 많았기에 저택은 있어야 했고 말이다.

건물도 있으니 그 건물에 사무실을 두는 것도 나쁘지 않았지만 당장은 사무실이 필요가 없어 우선은 보류를 하고 있었다.

러시아에서는 일을 보아도 자신이 거주를 할 저택이 있기 때문에 사무실까지는 필요하지 않았기 때문이다.

"그렇게 하게. 저택에서 쉬면서 일을 볼 때는 내 사무실을 이용하면 되지 않나."

“알겠습니다. 나중에 필요하다고 생각이 들면 그때 가서 건물에 있는 사무실을 이용하면 되지요.”

“그렇지 건물이 자네 것이니 거기에 아주 멋지게 사무실을 만들어도 되고 말이야.”

비트얀은 건물을 주었지만 지금 상수가 가지고 있는 건물은 상업용이기 때문에 사무실이 없었다.

하지만 건물주가 자기의 사무실을 만들려고 하는데 누가 막을 수가 있겠는가 말이다.

거기에 건물주가 마피아의 친구인데 말이다.

최소한 러시아에서는 마음대로 행동을 해도 크게 문제가 되지 않을 정도의 인맥을 형성하고 있다는 이야기였다.

그만큼 러시아는 힘이 있는 자가 성공을 하는 곳이기도 했다.

제6장 러시아의 공사를 계약하다

UNION BANK

러시아에서 본격적인 입찰에 임하기 전까지는 아직 시작적인 여유가 있었다. 하지만 상수는 지금 이 시간을 나름 알뜰하게 보내고 있는 중이었다.

사업을 하려면 어느 정도의 지식이 있어야 했는데 상수는 아직은 기업을 운영하는 마인드가 부족하다고 생각이 들어 남는 시간에는 열심히 경영에 대한 공부를 하고 있었다.

경영이라는 것이 말로만 하는 것과는 다르게 배워야 할 점들이 많았기 때문이다.

상수가 일반인이었다면 공부를 해도 걱정이겠지만 지금

의 상수는 과거의 상수와는 천지 차이였기 때문에 좋아진 머리를 충분히 이용해 공부를 할 수가 있었다.

"이거 경영이라는 것을 공부하려니 상당히 복잡한 것들이 많이 있네. 그동안 꽤 책을 봤는데도 아직 배워야 할 것들이 많이 있네."

상수는 보고 있던 책을 덮으면서 혼자 그렇게 중얼거리고 있었다.

경영에 대한 공부를 남들에게 말하기가 창피해서 혼자 독학으로 하려고 하니 그게 쉽지가 않아서였다.

이제 내일이면 입찰을 하는 날이다.

입찰은 형식적인 것이기 때문에 상수는 시간이 남았을 때 부지런히 공부를 해 두었다.

게다가 앞으로는 또 여유가 생겨 책을 볼 수 있을 지 장담할 수 없다.

상수는 내일까지는 공부에 전념을 하기 위해 외부에도 그렇게 이야기를 해두었다.

한편 상수가 열심히 공부를 하고 있을 때 한국에서는 사무실의 구비를 하기 위해 지성이 열심히 뛰고 있었다.

"선배님, 사람은 이제 어느 정도 되지 않았습니까?"

"우선 급한 데로 필요한 사람은 되었는데… 사실 러시아의 공가 얼마나 큰지 아직 나도 정확하게 몰라서 말이야. 더 많은 인원이 있어야겠다는 생각이 들어서 말이야."

"아니 입찰이 얼마인지는 아시지 않습니까?"

"그거야 알지. 하지만 솔직히 두 개의 공사를 우리가 전부 계약을 한다는 보장은 없어서 그렇지."

지성은 상수가 출발을 할 때 두 개의 공사에 대한 입찰을 한다고 들었기에 하는 소리였다.

그리고 더 중요한 것은 내일이면 입찰을 하는 날이었기 때문에 지성은 입찰을 마치면 바로 대기업의 인물들과 만남을 가져야 한다는 것이 솔직히 더 부담이 되었다.

자신이 만나야 하는 인물들이 그룹에서도 인정을 받고 있는 인물들이었기 때문이다.

혹시나 자신이 그런 이들과 만나서 기가 죽어 있으면 친구인 상수에게 미안한 생각이 먼저 들어서였다.

솔직히 지성이 아무리 잘나가는 기업에 근무를 했다고 해도 능숙한 그룹의 임원들을 대하는 것에는 부담이 갔다.

그리고 그런 건 다른 이들도 마찬가지이기 때문이었다.

그런 지성의 핸드폰이 울리기 시작했다.

"여보세요?"

―김지성 씨, 되세요?

"그렇습니다. 누구십니까?"

—저는 리처드라고 합니다. 정 사장님에게 연락을 받지 않으셨나요?

리처드는 이제 한국말을 제법 하기 때문에 지성과 대화를 하는 것에는 문제가 없었다.

지성은 리처드라는 말에 상수가 가기 전에 한 이야기가 생각이 났다.

혹시 리처드라는 분에게 전화가 오면 잘 이야기를 해서 우리 회사에 근무를 하시게 해야 한다. 내가 가서 이야기를 잘 하기는 했지만 그래도 한국에는 너와 함께 있어야 하는 분이니 너도 잘 해드려라.

상수의 그 말이 생각난 지성은 정신이 번쩍 들었다.

"예, 이야기는 들었습니다."

—제가 전화를 드린 이유는 아직 제가 회사의 위치를 모르기 때문입니다. 위치를 좀 알려 주셨으면 해서 연락을 드렸습니다.

리처드는 지사에 있으면서 상수가 하고 간 이야기들을 여러모로 생각해 보았는데 결론은 자신도 합류를 하는 것이 좋겠다는 생각을 하게 되었다.

아직 상수가 미국 본사에 가지는 않았지만 이미 마음이

회사를 떠나 있는 리처드였기에 바로 본사에 연락을 하여 회사를 그만두겠다고 통보를 하였고 지사에 근무할 사람을 보내지 않으면 그냥 출근을 하지 않겠다고 이야기를 하는 바람에 지금 본사에서는 리처드의 문제 때문에 조금 시끄러운 상황이었다.

회사를 그만둔다고 해도 이렇게 일방적으로 그만 두는 경우는 없었기 때문이다.

하지만 리처드의 입장에서는 카베인을 그만 두게 된다고 하여도 다른 말을 할 수가 없는 것도 사실이었고 말이다.

그만큼 자신들이 리처드에게 해준 것이 없었기 때문에 능력과 재능이 있는 리처드가 다른 곳으로 간다고 하여도 이들은 리처드를 잡을 수가 없었다.

리처드는 그렇게 일방적인 통보를 하고는 회사를 그만 두었다.

이는 상수가 본사에 가서 회사를 그만두겠다고 하고 나서 자신이 그만 두게 되면 모양새도 좋지 않겠지만 그때는 그만 두는 것도 힘들지도 모른다는 생각이 들어 먼저 일을 벌인 것이다.

지성은 그런 내부적인 사정에 대해서는 모르기 때문에 리처드에게 사무실의 위치를 정중하게 알려 주었다.

코리안시티는 작은 인원이지만 정예들이 그렇게 모이기

시작했고 리처드가 합류를 하는 바람에 대기업의 인물을 상대하는 것에도 문제가 없게 되었다.

리처드가 와서 상대를 한다면 이는 또 달라지기 때문에 지성은 그런 리처드가 아주 반가운 분으로 기억이 되고 있었다.

러시아에서의 공사 입찰 하루 전.

한국의 사무실은 그렇게 하나하나 일이 진행되고 있었다.

다음 날.

입찰을 하는 날이 되자 상수는 정장을 차려입고 나서고 있었다.

집 앞에는 오늘 자신을 데리고 가기 위해 차량이 이미 대기를 하고 있었다.

"타십시오."

상수가 나오자 남자는 문을 열고 상수가 타기 편하게 최대한 조심을 하며 대하고 있었다.

"고마워요."

상수는 차를 타면 가볍게 인사를 해주었다.

차는 집을 출발하여 오늘 입찰을 하는 장소로 이동을 하였다.

이번 입찰은 사실 이미 러시아 정부와 마피아가 사전에

이야기를 마친 상대이기 때문에 상수가 가서 입찰을 하는 것도 사실은 그냥 외부에 보여주기 위한 하나의 쇼였다.

상수는 이미 입찰이 될 것을 확신하고 사전에 러시아 정부와 조율도 마친 상태였기에 가서 얼굴만 비추면 되는 일이었다.

이번 공사는 유전을 개발하는 것과 다른 하나는 바로 가스를 한국으로 가지고 가기 위해 공사였는데 아직 북한으로 통해 갈 것인지 아니면 중국으로 넘어가서 갈 것인지를 정하지는 않았다.

이는 입찰을 하고 나서 해야 말이 없다고 하여 그 전에는 조심을 해달라는 부탁을 받았기에 상수도 기업들에게 말을 해 주지 않았던 것이다.

상수가 입찰 장소에 도착을 하니 바트얀은 이미 와서 다른 이들과 이야기를 나누고 있었다.

상수는 그런 바트얀에게 다가갔다.

"오, 어서 오게."

바트얀은 상수를 아주 반갑게 맞이해 주었다.

"형님은 오늘 얼굴이 아주 환해 보입니다. 어제 좋은 것을 드셨나요?"

상수의 하는 말에 바트얀은 크게 웃고 말았다.

"하하하, 어제 자네가 선물로 준 약을 먹어서 그런지 오늘 아주 기분도 좋고 기운이 나는 것 같네."

상수는 한국에서 출발을 할 때 바트얀과 총보스에게 줄 선물로 산삼을 넣어 만든 보약을 지어 주었다.

산삼은 남자에게는 특별한 효능을 보여주는 약이었기 때문에 특별히 아는 분에게 부탁을 하여 보약을 지어 온 것이다.

그런 보약을 먹으니 바로 효과가 나타나고 있었다.

그만큼 약효가 확실하다는 이야기였다.

"보약이 효능이 있다고 하니 다행입니다. 그거 드시고 너무 무리를 하지는 마세요. 건강하라고 드렸는데 오히려 건강을 상하게 할 수도 있으니 말입니다."

상수의 말에 바트얀의 주변에 있는 인물들이 크게 웃고 말았다.

"하하하, 안 그래도 지금 약을 먹고 나서 어제 무리를 했다고 자랑을 하고 있었는데 말이오."

바트얀은 어제 아주 오랜만에 힘이 생겨서 무리를 했다고 자랑을 하고 있다가 상수가 오면서 이런 이야기를 하니 더 이상은 자랑을 할 수가 없게 되었다.

"아니 내가 언제 자랑을 했다고 그러는 거야?"

바트얀은 상수의 눈치를 보며 그렇게 말을 하고 있었다.

그러나 상수가 누구인가?

눈치하면 구미호도 두렵지 않을 경지에 도달한 인물이기 때문에 금방 상황을 파악하고 있었다.

"형님 변명하지 마세요. 남자는 변명을 하는 것이 아닙니다."

상수의 한마디는 바트얀의 입을 바로 다물게 하고도 남았다.

바트얀의 상수의 말에 입을 다물었지만 그 표정이 정말 가관이 아니었기에 주변에 모여 있던 사람들은 처음에는 참으려고 하였지만 한 사람이 결국 웃음이 터지고 말았고 그로 인해 주변은 웃음바다로 변하고 말았다.

"크크크."

"푸하하하하."

주변의 인물들은 바트얀을 잘 알고 있기에 갑자기 바트얀이 갑자기 요상한 표정을 짓게 되자 그런 바트얀을 보고는 웃지 않을 수가 없었다.

한참을 그렇게 시원하게 웃고 나자 분위기는 아주 좋아졌다.

바트얀을 빼고는 말이다.

상수는 그런 바트얀을 보며 싱긋 웃으면서 물었다.

"형님, 오늘 입찰은 언제 시작을 하는 겁니까?"

오늘 입찰에 필요한 서류는 이미 모두 제출을 하였기 때문에 이제 가격만 제출하면 되는 일이었다.

물론 가격도 사전에 다 조율이 되어 있었기 때문에 오늘 입찰에 대해서는 아무런 문제가 없었지만 말이다.

러시아의 입찰은 대개 이렇게 진행이 된다고 하는데 상수는 처음 알게 되었다.

마피아가 개입이 되어 있는 공사는 이렇게 하지 않을 수가 없었는데 이는 마피아 간의 전쟁을 막기 위해 정부에서 조율을 하기 때문이라고 들었다.

정부에서도 마피아가 전쟁을 하는 것을 그냥 두고 볼 수는 없었기에 공사에 대한 것으로 적당하게 마피아를 조율하게 만들고 있다는 이야기였다.

물론 마피아의 인물들이 그만큼 힘과 권력이 있기에 가능한 일이기도 했고 말이다.

대부분의 마피아들이 전직 공직에 있었던 이들이 많았기에 아직도 러시아에서는 그들을 무시할 수는 없는 일이었다.

"이제 삼십 분 정도 남은 것 같네."

"흠, 서류는 준비가 되셨고 할 일이 없네요."

"하하하, 자네가 심심한 모양이니 여기 모여 있는 사람들을 소개해 주겠네."

바트얀은 그렇게 상수를 직접 소개를 해 주게 되었다.

상수는 러시아의 마피아들 중에 다른 파벌에 속해 있는 이들과도 인사를 하게 되었다.

많은 이들이 마피아에 속해 있지만 아직 상수가 아는 이들은 그리 많지가 않았다.

단지 러시아에서 가장 강한 세력을 가지고 있는 레드 마피아의 총보스의 의형제라는 것만 가지고도 마피아계에 속해 있는 이들에게는 대단히 환영을 받고 있다는 것이 달랐다.

그만큼 레드 마피아의 힘을 알 수가 있는 일이었다.

그렇게 있다 보니 입찰을 할 시간이 되었고 바로 가격을 적은 서류를 통에 넣었다.

입찰에 걸리는 시간은 불과 이십분 정도였다.

상수는 입찰을 보면서 어이가 없다는 표정을 지었다.

'아니 이게 무슨 입찰이야? 그냥 정해진 대로 공사를 계약하면 되지? 귀찮게 사람들을 모이게 만드는 이유는 모지?'

마피아는 세력을 가진 힘의 차이대로 공사를 계약하고 있었다.

그중에 가장 강한 세력을 가진 레드가 가장 많은 공사를 하게 되었고 그 다음은 순으로 공사를 받아 가고 있었다.

이번에는 레드 마피아가 공사를 계약할 차례였기에 다른

마피아의 인물들이 모여서 한가하게 이야기를 나누고 있었던 것이다.

러시아의 대부분의 기업들이 이렇게 마피아와 연관이 되어 있었다.

입찰을 마치자 바로 발표를 하였는데 상수는 자신이 오늘 이 자리에 있는 이유를 몰랐다.

"이번 입찰은 코리아시티에 낙찰이 되었습니다."

짝짝짝.

그 말이 끝나자 다른 이들은 박수를 쳐주었다.

"축하합니다. 정 사장님."

"축하합니다."

입찰이 끝나자 주변에 있던 인물들은 모두 상수를 보며 축하를 해 주었다.

상수는 축하를 해 주니 우선 인사는 했다.

"감사합니다."

상수가 얼떨떨한 얼굴을 하고 있자 바트얀은 그런 상수의 옆으로 왔다.

"궁금한 것이 많겠지만 우선은 자리를 옮겨 이야기를 하도록 하지."

"예, 형님."

상수는 바트얀의 따라 입찰 장소를 나오고 있었다.

한참을 나오니 차량들이 있는 곳에 도착을 하게 되었다.

"자네 차는 그냥 보내면 되니 나와 같이 타고 가세."

"알겠습니다. 그렇게 하지요."

상수는 그렇게 대답을 하고는 바트얀과 함께 차량에 탑승을 하였다.

차량이 이동을 하게 되자 바트얀은 상수를 보며 웃으면서 이야기를 하였다.

"오늘 입찰을 보면서 이상한 생각이 들었을 것이네. 러시아에서 사업을 하려면 마피아를 끼지 않고는 할 수가 없다네. 그만큼 마피아가 끼치는 영향력이 강하기 때문에 정부에서도 마피아가 하는 일에는 어느 정도 양보를 해주고 있다네. 그러니 정부의 공사들 중에 대부분은 마피아가 개입이 되어 있다네. 이는 해외의 사업자가 입찰에 참가를 하여도 마피아의 도움이 없이는 절대로 계약을 할 수가 없다는 말이야."

상수는 바트얀의 설명을 들으면서 러시아의 사정에 대해 좀 더 깊은 이해를 하게 되었다.

뭐 사실 마피아의 힘 덕분에 큰 힘을 들이지 않고 이번 입찰을 따낼 것이라는 알고 있었다.

하지만 막상 입찰을 경험해 보니, 너무 형식적이었다.

러시아에서는 마피아를 끼지 않고는 어떠한 공사도 성공

할 수가 없다는 이야기를 다시 한 번 더 실감하는 상수였다.

이미 대부분의 기업들은 그런 러시아의 사정을 알고 있는지 이번 입찰에도 알려진 기업은 하나도 없었다.

상수는 그런 러시아의 사정을 보고는 솔직히 확실하게 자신이 성공할 수는 있겠지만 이거는 너무 쉽다는 생각이 들어 기운이 나지 않는 기분이었다.

'헐, 그럼 나는 여태 마음을 괜히 졸이고 있었다는 말이잖아? 그냥 가만히 있기만 해도 공사는 어차피 내가 하기로 하였지만 그래도 혹시라는 생각을 하여 조금은 걱정을 하기는 했는데 모두 헛지랄을 한 거네.'

상수는 모든 사실을 알게 되자 이제는 충분히 바트얀이 전에 한 이야기들을 이해를 할 수가 있게 되었다.

또한 한국의 기업들이 러시아의 입찰에 참가를 하지 않은 이유도 이제는 이해가 갔다.

아무리 대기업이라고 해도 결국 성공할 수가 없는 입찰에 시간을 낭비할 이유가 없었기 때문이다.

하기는 상수가 아무리 기업을 설립하였다고 해도 러시아 정부에서 신생 기업에 이런 공사를 주지 않는 것은 당연한 일이었지만 마피아가 보증을 서면 이야기가 달라지기 때문에 상수가 지금 입찰에 성공할 수가 있었지만 말이다.

"형님들과 인연을 가지게 된 것이 저에게는 엄청난 행운이 되었네요?"

"하하하, 그렇지 자네에게는 엄청난 행운이 들어온 거지. 하지만 나도 자네를 알게 된 것을 행운이라고 생각하고 있다네. 자네 덕분에 목숨을 건지게 되었으니 말이야."

바트얀은 상수의 실력이 상당하다는 것을 알지만 본인이 평범한 삶을 원하고 있기 때문에 그렇게 살게 해 주려고 하였다.

사실상 상수가 마피아처럼 살겠다고 하면 아마도 러시아의 모든 마피아들이 그런 상수를 상대를 해야 할지도 모르는 일이었다.

문제는 그렇게 한다고 해도 상수를 이길 수가 있을지는 장담을 하지 못하는 일이었고 말이다.

"이번 입찰에 대한 내용은 정확하게 어떻게 되는 겁니까?"

"아참 잘 모를 수도 있으니 우선 사무실로 가면 설명을 들을 수가 있을 거네."

상수는 아직 정확한 내용에 대해서는 모르고 있기에 설명을 부탁하였다.

물론 바트얀도 기본적인 내용에 대해서는 알고 있지만 솔직히 남에게 설명을 해줄 정도의 지식은 없었기에 입찰에 관한 일만 전문으로 하는 놈에게 설명을 하게 만들려고 하였다.

상수는 바트얀이 하는 말을 들으며 바로 이해를 했다.

자신도 바트얀에게 많은 것을 바라는 것은 아니었기 때문이다.

이들이 비록 마피아라 조금 무식하기는 하지만 그래도 사람으로 가져야 하는 인정은 있었다.

그리고 솔직히 상수의 입장에서는 마피아가 일반인보다는 오히려 쉽게 친해질 수가 있는 사람들이었고 말이다.

이는 상수가 그만큼 강하기 때문에 그런 생각을 하게 되어서였다.

상수는 바트얀과 함께 그의 사무실로 가게 되었고 사무실로 가자 이번 입찰에 대한 모든 이야기를 자세하게 들을 수가 있었다.

"유전에 대한 공사는 정부와 조율은 정부가 40%이고 저희가 60%를 가지게 되었습니다. 하지만 가스 공사는 그 반대로 정부가 60이고 저희가 40을 가지게 되었습니다."

그러면서 그에 대한 자세한 설명이 이어졌다.

유전은 마피아의 수하들 중에 한 명이 발견을 하게 되어 개발을 하는 것이라 마피아가 지분이 더 많았지만 가스는 있는 것을 가지고 공사를 하는 것이라 정부가 더 많은 지분을 가지게 되었다는 이야기였다.

마찬가지로 공사비도 지분만큼 대는 것이기 때문에 크게 문제는 없었다.

지분을 가지는 것은 그만큼 공사비도 중요하지만 그에 대한 매출을 생각하면 엄청난 이득이 있기 때문이었다.

"그러면 이번 공사를 내가 하게 되면 마피아와 지분을 나누어야 하지 않나요?"

"그거는 유전에 대한 지분만 반으로 나눈다고 들었습니다. 가스에 대한 지분은 정보가 많아 가지고 있기 때문에 나룰 것도 없다고 하셨습니다."

유전에 대한 지분은 조금 많으니 반으로 나누고 가스도 엄청난 지분을 그냥 상수를 주기 위해 포기를 한다는 말이었다.

40프로의 지분이면 돈으로 계산이 되지 않았다.

그런 엄청난 지분을 자신이 가지게 된다면 이는 엄청난 부자가 되기 때문이었다.

물론 공사에 들어가는 자금을 대야 하기는 하겠지만 그 정도의 자금은 대출로도 감당을 할 수가 있었고 상수가 알고 있는 인맥 중에 돈이 남아도는 인물이 있어 걱정이 없었다.

바로 사우디의 왕자에게 도움을 요청하면 되기 때문이

었다.

상수는 속으로는 많이 놀랐지만 겉으로는 태연하게 대화를 나누고 있었다.

"그러면 지분에 대한 이야기는 그렇게 하고 이번 공사에 대한 전권은 우리가 가지는 겁니까?"

"예, 공사에 대한 부분은 정부가 개입을 하지 않기로 사전에 이미 협의를 하였습니다."

이번 유전과 가스에 대한 총공사비는 무려 6,000억 달러라는 엄청난 자금이 투입이 되는 공사였다.

그런 공사의 전권을 가지게 되었으니 각 기업들이 로비를 어떻게 받아들이는지에 따라 금액이 달라질 수도 있는 문제였다.

공사비는 어차피 금융권에서 지불을 약속하는 것이기 때문에 서류만 가지고 처리를 하면 되었지만 공사를 주는 입장에서는 달랐다.

이는 공사를 따기 위해 각 기업들이 상수가 속해 있는 회사에 엄청난 로비를 하게 될 것이기 때문이었다.

6,000억 달러라는 엄청난 공사를 한 기업이 감당을 할 수는 없었고 어차피 여러 기업에 나누어서 공사를 해야 하기 때문에 각 기업들은 자신의 회사가 공사하기 위해 로비를 하지 않을 수가 없을 것이다.

상수는 공사를 주는 조건으로 상당한 자금을 받아 챙길 수가 있었지만 그보다는 마음에 드는 기업에 공사를 줄 수가 있다는 것이 더 좋았다.

돈이야 나중에 벌수도 있지만 마음에 들지 않은 기업은 빼고 자신의 마음대로 공사를 진행을 할 수가 있다는 점이 마음에 들었던 것이다.

"그러면 공사를 주는 것은 마음대로 해도 상관이 없다는 말이지요?"

"그렇습니다. 공사에 대한 전권은 정부와는 상관없이 진행을 해도 됩니다."

"좋군요. 그러면 기업을 선정하기만 하면 되겠네요."

"예, 그렇게 하시면 됩니다. 하지만 한 나라에 모두 주게 되면 정부에서도 말이 나올 것이니 적당하게 외부 기업들을 나누어서 주시면 말이 없을 겁니다."

상수도 한국의 기업에만 공사를 줄 수는 없다고 생각하고 있었다.

이는 러시아 정부의 입장도 있지만 자신도 그렇게 하고 싶지는 않았다.

한 나라에 있는 기업들만 공사를 하면 경쟁이 되지 않기 때문에 나중에 골치가 아플 수도 있었기 때문이다.

제7장 미국으로 가다

UNION BANK

입찰을 마치고 모든 조율을 마친 상수는 바로 미국행 비행기에 타고 가고 있었다.

아직 휴가 기간이 남아 있었지만 이번에 가서 확실하게 정리를 하고 올 생각이었다.

솔식히 카베인의 회장과 부회장의 알력 싸움에 자신이 끼고 싶지도 않았기에 하루라도 빨리 가서 정리를 하려고 하는 것이다.

그리고 뿐만 아니라 자신이 미국에서의 일을 빨리 마쳐야 한국으로 가서 본격적으로 일을 볼 수가 있었기 때문이었다.

"휴우, 이거 미국에 가면 한바탕 난리를 치게 생겼네. 리처드가 먼저 선수를 칠지는 몰랐네."

상수는 입찰을 마무리하고 바로 한국에 전화를 걸었다.

—여보세요?

"……?"

—아, 사장님이십니까? 저 리처드입니다.

"아니… 어떻게 전화를……."

—하하하, 결정을 빨리 내렸습니다.

그 뒤로 이어지는 이야기는 리처드가 한국 지사로 출근을 하고 있으며 벌써 며칠이 되었다는 사실을 알게 되었다.

그 말을 들을 당시에는 리처드가 참 결정이 빠르다고 생각을 했는데 다음 이야기를 들으면서 상수가 황당한 표정이 되고 말았다.

—사장님, 저는 본사에 이미 사표를 던지고 모든 정리를 마쳤습니다. 어차피 그동안 미래가 보이지 않아 그만 둘 생각을 하고 있던 참이었습니다.

"아, 네. 잘하셨어요. 아무튼 이제부터 새롭게 우리 잘해보지요."

당시에는 리처드의 그 말에 상수는 잘했다는 말을 해주었지만 자신이 미국에 가서는 골치 아플 수도 있다는 생각을 하게 되었다.

하여튼 그 문제는 어차피 자신이 풀어나가야 하는 일이었기 때문에 나중에 생각하고 우선은 입찰에 관한 이야기를 먼저 해주기로 하였다.

"리처드 부사장님, 오늘 제가 러시아 정부에서 정식으로 입찰에 붙었습니다. 유전 공사만 해도 천억 불이고 가스 공사는 모두 오천억 불 규모의 대단위 공사입니다. 국내 기업들에게 이런 사실을 알리고 제가 한국으로 들어가면 관련 기업들과 미팅을 할 수 있도록 준비를 좀 해 주세요."

—무사히 입찰에 성공을 했네요. 축하드립니다, 사장님.

입찰을 축하하는 리처드의 목소리는 평소 침착한 그 답지 않게 흥분된 목소리였다.

당연히 그럴 수밖에 없는 게 아무리 상수의 능력을 믿는다지만 아무런 것도 없이 시작하는 것이다 보니 걱정도 있었는데 이제 공사를 무사히 따냈다고 하니 안심이 되는 모양이었다.

"하하하, 감사합니다. 그리고 국내 기업들 중 이미 태성과 재원그룹에는 어느 정도 이야기를 해둔 상태이니, 그 외의 다른 기업들에게 연락을 하면 될 겁니다."

상수의 말에 리처드는 회사를 옮기자마자 완전 대박이 터졌다는 생각이 절로 들었다.

—네, 알겠습니다. 그런데 모두 해서 육천억 불 공사라면 한국의 기업만 가지고는 조금 힘들지 않을까요?

"예, 그렇지 않아도 다른 나라에도 공사를 수주할 생각을 가지고 있습니다. 러시아 정부도 내심 그렇게 해주기를 바라고 있고요. 단지 공사를 어느 업체에 줄 것인지는 내가 전권을 가지고 있습니다."

상수의 말에 리처드는 이미 상수가 모든 일을 처리할 수가 있다는 것을 알 수가 있었다.

보통 정부가 관여된 대규모 입찰의 경우에는 입찰에 성공을 한다고 해서 모든 공사를 자신의 마음대로 할 수는 없는데 상수는 아닌 모양이었다.

이미 상수가 마피아와 어떤 사이인지를 들었기 때문에 리처드는 이번 공사에 대해서는 크게 걱정이 없었다.

러시아의 마피아가 가지고 있는 힘을 리처드도 알고 있었기 때문이다.

—그러면 제가 해야 하는 일은 한국 기업과 공사의 진행에 대한 조율입니까?

"예, 먼저 말만 전하시고 제가 한국에 가면 저들과 미팅을 가질 수 있도록 준비를 해 주세요."

—알겠습니다. 미국의 일은 얼마나 걸릴 것 같습니까?

"한 열흘 정도 생각하고 있지만 아직 확실하지는 않습니다. 거서 연락을 드리겠습니다."

—그러면 여기도 나름 준비를 하고 있겠습니다. 태성과 재원그룹에는 이미 이야기를 하셨다고 하니 우선은 그쪽 사람들을 먼저 만나야겠습니다.

리처드의 대답에 상수는 문득 한국에 있을 때 재원그룹이 다시 만나자고 하였지만 자신이 러시아로 간다고 하면서 다녀와서 이야기를 하자고 하여 미루었던 생각이 났다.

재원그룹도 건설사를 가지고 있었기에 이번 공사를 하고 싶어 안달이 나 있는 상태였다.

"재원그룹의 건설사 사장을 만나면 아마도 구체적으로 자신들이 할 수 있는 것을 제시할 겁니다. 태성에도 마찬가지고요. 리처드 부사장님이 그들과 만나 어느 정도는 저들에게 공사를 줄 생각이 있다고 미끼를 풀어 주세요. 아마도 그냥 있지는 못할 겁니다."

상수의 말에 리처드는 미소를 지었다.

상수의 말대로라면 이번 일은 아주 편하고 재미있는 일이 될 것이다.

—하하하, 그런 일이라면 아주 쉽지요. 우리 회사의 첫 번째 일은 아주 편하게 진행을 할 수 있을 것 같네요. 우리가 전권을 쥐고 저들을 상대하는 일이니 말입니다.

"그렇지요. 한국 기업에 이번 공사의 절반을 주려고 마음

먹기는 했지만 다 상대가 하기 나름이죠. 마음에 들지 않으면 주지 않으면 그만이니 말입니다."

상수는 자신이 한국인이기 때문에 이번 공사의 절반에 해당하는 공사를 한국 기업에 주고 싶어 했다.

하지만 그렇다고 아무런 조건도 없이 일방적으로 공사를 줄 수는 없었기에 자신도 나름 이득을 생각하고 일을 추진하려고 하는 것이다.

세상에 공짜는 없었기 때문이다.

저들에게 이번 공사는 가뭄의 단비와 같은 효과를 볼 수가 있었기 때문이다.

남의 약점을 파고드는 것은 잘못된 것이라고 하지만 이번 일은 국내의 일이 아니기 때문에 정부에서도 간섭을 할 수도 없었다.

이런 기회가 자주 오는 것이 아니니 앞일을 위해서라도 상수는 이번 기회에 국내의 기업들에 대한 영향력을 가지고 싶어 했다.

물론 그에 해당하는 돈도 마찬가지였고 말이다.

상수의 지시로 한국에서는 코리아시티의 사무실이 아주 활발하게 움직였다.

상수가 직업 뽑은 사람은 리처드와 지성 단 둘 뿐이었지만, 두 사람 모두 자신의 인맥을 동원해 필요한 인원을 충당했기에 업무를 진행하는 데 아무런 문제는 없었다.

리처드도 이번에 회사를 옮기면서 세 명의 능력 있는 인재들을 데리고 왔다. 하나같이 한국과 해외의 소식에 밝은 상당한 재능을 가지고 있는 이들이었다.

지성이 데리고 온 사람들도 마찬가지였고 말이다.

그런 이들이 포진을 하고 있으니 일사천리로 일이 진행이 되고 있었다.

상수는 미국에 도착을 하자 가장 먼저 자신의 숙소로 가서 비행을 하면서 쌓인 피로를 풀었다.

이튿날.

상수는 아주 깨끗하게 몸을 씻고는 정장을 입고 회사로 출근을 하였다.

본사의 입구에는 언제나 느끼는 것이지만 참 많은 이들이 있다는 생각이 들었다.

상수는 우선 자신의 사무실로 먼저 출근을 하였다.

사무실에 도착을 하니 미셸이 상수를 보고는 놀라고 있었다.

"어머, 이사님이 웬일이세요?"

"하하하, 미셸. 오래간만입니다."

상수의 반가운 말에 미셸이 인사를 하며 물었다.

"이사님은 이번 주까지 휴가이지 않으세요?"

"네, 아직 휴가가 남긴 했지만 미셸이 보고 싶어 오늘은 출근을 하게 되었습니다."

상수의 싱그러운 미소에 미셸은 가슴이 두근거리는 것을 진정시켜야 했다.

이미 상수의 매력이 빠져 있는 미셸이었기 때문에 상수의 미소만 보아도 가슴이 심하게 떨리는 미셸이었다.

물론 미셸 말고도 또 하나의 여성이 같은 증상을 보이고 있기는 하지만 말이다.

"정말이요?"

미셸은 자신이 보고 싶어서 왔다는 말이 거짓말이라는 것을 알고도 다시 묻고 있었다.

혹시 하는 생각이 들어 재삼 확인을 해보고 싶어서였다.

"하하하, 다른 일이 있어서 온 것이기는 하지만 미셸이 보고 싶었다는 말도 진심이에요."

인사치례라는 것을 알지만 상수의 대답에 미셸의 눈동자가 갑자기 몽롱해지고 있었다.

상수는 미셸과 캐서린이 자신을 좋아 하고 있다는 사실을 알고 있었다.

하지만 지금까지는 어느 정도는 거리를 두고 둘을 대했었다.

그런데 이제는 조금 그런 마음이 달라지고 있다는 사실

을 본인이 느끼고 있었다.

남자치고 열 여자 싫어하는 이는 없을 것이다.

상수도 두 미녀를 두고 고민을 하고 싶지도 않았고, 무엇보다 아직은 연애를 할 때가 아니라는 생각에 적당하게 거리를 조절하며 지냈었다.

하지만 이제 떠나는 입장이 되고 나니 지금까지의 그런 생각이 조금은 달라졌다.

미셸은 잠시 동안 아주 행복의 나라로 출근을 했다가 다시 정신을 차리게 되었지만 그 얼굴은 부끄러움에 아주 붉게 불타고 있었다.

미셸은 그런 자신의 얼굴이 화끈거리는 것을 알고는 두 손으로 볼을 감싸고 있었다.

하지만 그 눈빛은 아주 초롱초롱 빛내면서 상수를 보고 있었다.

"저기… 이사님. 커피 타드려요?"

"좋습니다. 오랜만에 미셸의 커피를 마시는군요."

상수는 그렇게 미셸의 마음을 훔치고는 자신의 사무실로 들어가게 되었다.

오늘 자신은 회사에서 해야 하는 업무가 없었지만 자신이 회사에서 해야 하는 일이 있었다.

바로 회장인 피터슨과 만나는 일이었기 때문이다.

그리고 미국에서 한 가지 더 정리를 해야 하는 일이 있는데 바로 하버드 대학의 문제를 해결하고 가야 했다.

아직 졸업을 한 것이 아니었기에 학교 관계자들과 이야기를 마쳐야 했기 때문이다.

상수는 사무실에 앉아 피터슨 회장과 만나 어떻게 대화를 풀어가야 할지를 고민하였다.

피터슨 회장이 비록 자신을 이용하려고 하는 것은 사실이지만 그만큼 자신에게 기회를 준 것도 사실이었다.

"흠, 회장님에게는 개인적으로 참 미안하기만 하네. 하지만 이대로 물러설 수는 없지. 나도 이제 새롭게 사업을 하게 되었으니 나를 믿고 입사를 한 이들을 생각하면 미적거릴 수가 없으니 말이야."

상수는 그렇게 생각을 정리하고는 피터슨 회장을 만나 단판을 지을 생각이었다.

어차피 그만 두는 회사이기 때문에 좋게 해결을 보고 싶은 것이 상수의 마음이었다.

단지 자신에게 지금과 같은 기회를 제공한 피터슨 회장에게 미안한 감정이 남는 것이 조금 마음에 걸렸지만 말이다.

상수는 피터슨 회장을 만나러 가기 전에 먼저 특수부의 인물들을 먼저 만나려고 특수부 사무실로 갔다.

특수부는 상수가 카자흐스탄의 계약에 성공을 하고 나서는 아주 부서의 대우가 달라지고 있었다.

회사 안에서도 가장 실력이 있는 부서로 소문이 나기 시작하였다.

특수부가 계속해서 성과를 올리자 회사에서의 대우가 올라갔고, 그에 따라 다른 부서의 직원들도 특수부에 지원하는 경우가 많아졌다.

그렇게 되다보니 자연스레 회사의 유능한 인재들이 특수부로 몰리게 되었다.

그리고 이러한 인재들로 인해 특수부는 맡은 업무에서도 우수한 성과를 내고 있는 형편이었다.

이게 모두 다 상수가 물고를 튼 후로 순 순환이 되고 있었다.

지금은 특수부에 자신이 속해 있다는 사실만으로도 특수부에 속해 있는 이들의 마음을 아주 기분 좋게 해 주고 있었다.

특수부 사무실의 문이 열리면서 상수가 들어오자 모든 부서원들이 눈이 커지게 되었다.

"어? 이사님이 이 시간이 어떻게?"

"이, 이사님. 오늘 어떻게 오셨습니까?"

"하하하, 모두 어리둥절한 얼굴을 하며 저를 보지 마세요. 오늘은 특별히 여러분들의 얼굴을 보고 싶어 온 것이니 말입니다."

상수의 유쾌한 대답에 이들은 얼굴이 환해졌다.

부서의 장으로 있는 상수가 자신들을 잊지 않고 이렇게 휴가 중에도 챙겨 주고 있다는 생각이 들어서였다.

저런 상사와 일을 하니 능률도 오르고 하루 종일 일을 즐겁게 일을 할 수가 있어서 좋았다.

그만큼 특수부의 분위기는 아주 좋다는 이야기였다.

이들에게 가장 존경하는 인물이 있다면 바로 상수였을 정도로 말이다.

현재 카베인에서 가장 인기가 많은 인물을 뽑으라면 바로 상수이기도 했다.

그만큼 상수는 카베인이라는 회사에서는 독보적인 존재로 인식이 되어 가고 있다는 이야기였다.

상수로서는 매번 밖으로만 돌다보니 아직 그런 사정을 모르고 있었지만 말이다.

"……!"

상수가 나타나자 가장 놀란 얼굴을 하며 상수를 보고 있는 눈빛이 있었는데 바로 캐서린이었다.

캐서린은 상수가 휴가를 보내는 동안 상수의 얼굴을 보지 못하여서 그런지 힘도 없고 얼굴도 많이 상해 있었다.

다른 사람들이 그런 자신을 볼지 모른다는 생각에 근래 들어서는 고개를 숙이고 일을 보고 있었다.

하지만 지금 캐서린의 얼굴은 다른 이유로 고개를 숙이고 있었다.

예상치도 못하게 상수를 봤기 때문인지 도화빛의 붉은 기운이 얼굴을 지배하고 있는 중이었다.

"이사님! 휴가 중에도 저희들 때문에 회사를 방문해 주시고 정말 감사합니다."

특수부의 과장으로 있는 이가 가장 먼저 정신을 차렸는지 상수에게 정중하게 인사를 하였다.

상수는 과장을 보며 입가에 부드러운 미소를 지으며 대답을 해 주었다.

"여기는 저와 함께 일을 시작한 분들이 모여 있는 곳이니 당연한 일이지요. 제가 오늘 여러분을 만나러 온 이유는 여러분에게 한 가지 이야기를 전해 주기 위해서입니다."

상수는 그렇게 말을 하면서도 마음이 그리 편한 것은 아니었다.

이렇게 자신을 믿고 따르는 이들이 있는데 이들을 두고 자신만 살기 위해 나간다는 것이 마음에 걸렸기 때문이다.

하지만 자신이 사업을 할 장소는 미국이 아닌 한국이었기에 이들을 데리고 갈 수도 없었다.

특수부 직원들은 갑자기 상수가 하고 싶은 말이 있다고 하자 약간은 긴장이 된 얼굴을 하며 상수를 바라보았다.

이들도 잘나가는 이가 갑자기 회사를 옮기는 일을 종종 보았기 때문에 눈치는 있었다.

그중에 가장 불안한 눈빛을 하고 있는 이가 있었는데 바로 캐서린이었다.

"설마……."

캐서린은 오랜만에 상수를 보니 너무 좋았는데 갑자기 하고 싶은 말이 있다는 소리에 달아올랐던 얼굴이 차갑게 식고 얼굴색이 달라지고 있었다.

"이번에 제가 한국에 새롭게 사업을 하게 되었습니다. 그래서 도저히 카베인에는 더 이상 남을 수가 없게 되었습니다. 여러분에게는 미안하다는 말을 먼저 해주고 싶어 이렇게 찾아오게 되었습니다."

"……."

"……."

"……."

상수가 사업을 하게 되어 그만 둔다고 하니 이들도 다른 말을 할 수는 없었다.

솔직히 이들도 상수의 능력을 보면서 그런 생각을 하지 않지는 않았기 때문이다.

자신들도 저런 능력이 있다면 이렇게 직원으로 일을 할 게 아니라 사업을 하면 어떨까, 하는 생각을 하였기 때문이었다.

"이사님! 새롭게 사업을 하신다고 하니 우선 축하드립니다. 그러면 우리 특수부는 어찌 되는 겁니까?"

"특수부에 대해서는 아직 제가 회장님과 이야기를 하지 않았기에 지금 이 자리에서 답변을 줄 수가 없을 것 같습니다. 하지만 지금 회장님을 만나러 가는 중이니 추후에 제가 따로 통보를 해드리겠습니다. 나는 그간 여러분을 만나 정말 즐거웠다는 말을 해 주고 싶었습니다."

상수는 정중하게 이들에게 미안한 마음에 인사를 하였다.

"흑, 그렇게 가시면 저는 어떻게 해요."

캐서린의 눈에서는 눈물을 흘리며 울고 있었다.

상수는 캐서린에게도 미안했지만 그렇다고 지금 자신이 캐서린 때문에 여기에 남을 수도 없는 일이었다.

한국에도 자신을 기다리고 있는 이들이 있기 때문이었다.

"캐서린에게는 미안하지만 나는 한국으로 가야 합니다. 그동안 정말 즐거웠습니다. 그리고… 미안합니다."

상수는 캐서린에게도 그렇게 인사를 하고는 돌아섰다.

그때 캐서린은 지금 이대로 상수가 보내면 다시는 그를 볼 수 없을지도 모른다는 생각이 들었다.

'안 돼! 이렇게 보낼 수 없어…….'

어디서 그런 용기가 생겼는지 몰랐다.

이렇게 보낼 수 없다는 생각이 들자마자 빠르게 뛰어 상수의 등을 안아 버렸다.

"이사님! 저도 데리고 가세요. 저는 이사님을 사랑해요."

캐서린으로서는 정말 힘든 결정이었지만 그렇다고 사랑하는 사람을 떠나게 하고 싶지는 않았기에 결국 먼저 고백을 하고 말았다.

상수는 등으로 느껴지는 따스한 기운에 몸을 돌렸다.

"캐서린, 나를 따라 가면 고생을 하는데 그래도 상관이 없어요?"

상수는 자신도 캐서린을 좋아하는 마음이 없다고 생각지는 않았다.

그동안 미국에 있으면서 캐서린과 지내면서 은연 중에 자신도 캐서린을 좋아하는 마음이 생긴 것 같았는지 울고 있는 캐서린을 보니 외면을 할 수가 없었다.

"예, 따라 갈게요. 어디를 가셔도 따라 가겠어요."

캐서린은 상수가 함께 하겠는지를 묻자 바로 대답을 하였다.

대답을 하는 캐서린의 얼굴은 환하게 변해 있는 것이 지금 상당히 기뻐하는 것으로 보였다.

특수부의 인물들은 캐서린이 상수를 좋아하고 있다는 사실을 모두가 알고 있었기에 캐서린이 함께 가겠다는 말을 하자 모두 박수를 쳐주었다.

짝짝짝!

"축하합니다. 드디어 소원을 풀었군요."

"캐서린! 가시면 잘 되어야 합니다."

직원들은 캐서린과 상수의 관계를 축하해 주고 있었다.

그만큼 상수는 직원들에게 좋은 이미지를 주고 있었기에 이들은 마음속으로 두 사람을 축하하고 있었다.

갑자기 사무실이 축하의 장이 되어 버렸다.

그리고 상수는 그런 직원들의 축하의 말에 쑥스러운 얼굴이 되고 말았다.

한편 미셀을 생각하면 조금 미안한 마음이 들기도 했다.

캐서린만 자신을 좋아한 것이 아니라 미셀도 자신을 좋아하고 있다는 사실을 알고 있어서였다.

하지만 누군가 그랬는지는 모르지만 결국 용기 있는 자가 사랑을 차지한다는 말이 맞는 모양이었다.

캐서린의 용기로 인해 두 사람의 운명은 그렇게 변화를 가지게 되었으니 말이다.

"캐서린, 나와 함께 하려면 우선 회사를 그만두어야 하는데 후회하지 않겠어요?"

"예, 절대 후회하지 않겠어요."

캐서린의 목소리에는 확신이 서 있었다.

상수는 그런 캐서린을 보는 눈빛이 전과는 다르게 사랑이 담겨 있었다.

어느 남자가 캐서린과 같은 미인이 이렇게 사랑을 해주는데 거부를 할 수가 있겠는가, 말이다.

상수는 그런 캐서린의 입에 자신도 모르게 키스를 하고 말았다.

"오, 이사님!"

"휘이익~"

상수의 이런 갑작스러운 행동에 모든 직원들이 축하의 환호성을 질렀다.

캐서린 역시 직원들이 보고 있었지만 그런 상수의 키스를 눈을 감으며 받아들이고 있었다.

드디어 자신의 사랑이 이루어진다고 생각이 들어서였다.

캐서린도 사실 상수가 자신을 거절하면 어쩌나 하는 생각에 그동안 상당히 마음을 졸이고 있었다.

아니 상수의 등을 향해 돌진하는 그 순간마저도 마음을 졸이고 있었다. 하지만 그렇게라도 하지 않으면 평생 후회

할 것 같아 용기를 낸 것이었다.

그만큼 상수는 잘 나가는 인물이었고 캐서린과는 비교가 되지 않았기 때문이었다.

여자의 사랑이 깊으면 이런 것인지는 모르지만 결국 캐서린의 사랑은 진심이었기에 이렇게 통할 수가 있었다.

"그러면 준비를 하세요."

"네……."

상수의 품에 안긴 캐서린은 그저 조용히 답하며 고개를 끄덕일 뿐이었다.

평소 당찬 성격의 캐서린이었지만 자신이 한 행동을 생각하니 너무 부끄러웠던 것이다.

"하하, 캐서린. 평소답지 않게 왜 그래요. 나는 지금 회장님께 갑니다. 그리 오래 걸리진 않을 테니 캐서린도 정리를 하고 있어요. 나와 함께 한국으로 가요. 가서 우리 어머님에게 인사도 드려야지요."

상수의 대답에 캐서린은 얼굴이 갑자기 붉어졌다.

어머님에게 인사를 한다는 말은 이제 자신을 받아 주겠다는 뜻으로 들렸기 때문이었다.

캐서린도 가족들이 있지만 지금은 혼자 독립을 해서 살고 있었다.

아직 확실하지 않아서 가족들에게는 이야기도 하지 않았

는데 상수는 그런 자신을 어머님에게 인사를 하게 해주겠다고 하자 캐서린은 진심으로 기뻤다.

"네, 여기는 바로 정리를 할게요."

"나중에 연락을 할게요. 회장님과 이야기를 마치고 나서 우리 만나요."

상수는 그렇게 말을 하고는 사무실을 벗어났다.

상수가 나가고 나자 특수부의 인물들은 캐서린을 보며 미소를 지어 주었다.

캐서린이 한국으로 가는 것이기는 하지만 그곳에 있어도 빛이 날 인물이 바로 상수였기에 그런 이의 옆에 있으면 이는 앞으로 캐서린의 앞날이 빛이 날 것으로 보였다.

"캐서린, 진심으로 축하해요."

"고마워요. 마이클."

"캐서린 이사님과 같은 사람을 잡았으니 가기 전에 우리에게 술을 사고 가야 해요."

그 말에 캐서린은 얼굴이 붉어져서 고개를 숙이고 말았다.

특수부는 상수가 떠난다는 말을 하였지만 그렇다고 분위기가 침울하지는 않았다.

발전을 위해 떠나는 길이고 동료들 중에 캐서린이 함께 가는 길이라고 생각이 들어서였다.

그리고 솔직히 한국이 아니라 미국에서 사업을 한다고 했으면 여기 모여 있는 이들은 모두 그쪽으로 회사를 옮기려는 마음도 있었기 때문이다.

그리고 아직은 자신들의 길을 정한 것도 아니기 때문에 솔직히 마음이 정해지면 한국으로 갈 수도 있는 문제였다.

상수는 그런 특수부의 사정을 모르고 피터슨 회장의 사무실로 갔다.

제8장 카베인을 나오다

UNION BANK

똑똑똑.

"예, 들어오세요."

문을 열고 들어오는 사람은 바로 상수였다.

비서는 상수를 자주 보았기 때문에 미소를 지으며 상수를 맞이해 주었다.

"어머. 정 이사님은 지금 휴가 중이 아니신가요?"

"하하하, 휴가 맞습니다. 급한 일이 있어 회장님을 뵈었으면 해서 왔습니다. 안에 계신가요?"

"예, 마침 회장님이 사무실에 계십니다. 어떻게 회장님이 안에 계시는 것을 알고 오신 거예요?”

“하하하, 제가 그런 것을 어떻게 알겠습니까. 그냥 뵙고 싶어 찾아 왔는데 말입니다.”

상수의 대답에 비서는 아름다운 미소를 지었다.

“잠시만 기다려 주세요. 안에 보고를 할게요.”

비서는 그렇게 말을 하고는 안에 보고를 하였다.

피터슨은 상수가 찾아왔다는 말에 속으로 아마도 한국으로 간 부회장의 문제 때문에 온 것으로 오해를 하고 있었다.

그러면서 한편으로는 부회장이 어떤 조건을 제시하였는지도 궁금했다.

그래서 면담을 빠르게 이루어졌고 상수는 지금 피터슨 회장을 만나고 있었다.

“회장님, 그동안 안녕하셨습니까.”

“허허허, 정 이사가 휴가를 보내는 동안 나는 바쁘게 일하고 있지 않나? 늙은이를 고생하게 했으니 휴가가 끝이 나면 두고 보자고.”

피터슨은 자연스럽게 대화를 하고 있었지만 속으로 지금 여러 가지를 생각하고 있는 중이었다.

“회장님, 오늘 제가 찾아 온 이유는 다름이 아니라 이번에 제가 새롭게 사업을 하려고 합니다. 그래서 회사를 그만

두었으면 해서 오게 되었습니다. 저에게는 많은 도움을 주신 회장님에게는 최소한 말씀을 드리고 그만 두어야겠다는 생각에 이렇게 찾아왔습니다."

"……."

상수의 말을 듣고 있던 피터슨은 생각과는 다른 말이 나오는 바람에 얼굴이 달라지고 있었다.

아무런 예고도 없이 갑자기 회사를 그만 두겠다고 하니 피터슨 회장으로서도 놀라지 않을 수가 없었다.

"……."

그리다 잠시 생각을 해보니 한국에 있는 리처드도 그만 두었다는 보고를 받았던 기억이 났다.

"…리처드도 함께 하기로 하였는가?"

역시 늙은 생각이 매운 법이다.

상수는 회장의 말에 흠칫하였다. 하지만 이내 고개를 끄덕였다.

이런 일로 거짓말을 하고 싶지는 않았고 거짓말을 한다고 해서 되는 일이 아니었기 때문이다.

"그렇습니다. 한국 지사의 리처드 지사장도 함께 하기로 하였습니다."

"우리가 자네를 만족시키지 못했는가?"

"그런 문제가 아닙니다. 회사에서는 정말 저에게 많은 것을 알려 주었습니다. 하지만 저도 남자라 그런지 야망이라는 것이 생기더군요. 이번에 사업자를 내서 저의 능력을 펼쳐보고 싶어서 그만두려고 합니다."

피터슨은 상수의 대답에 상수의 눈을 보았다.

상수의 눈속에는 진심이 담겨 있었다. 회사에 불만이 있는 그런 눈빛이 아니었다.

"사업을 하려면 자금이 있어야 하는데 벌써 그런 자금을 마련했다고 하니 이거 놀라지 않을 수가 없군그래."

피터슨은 상수가 하는 사업이라면 적지 않은 규모라고 생각이 들어서 하는 말이었다.

상수는 그런 피터슨 회장의 말에 놀라지도 않고 그저 담담한 눈빛을 하며 회장을 보았다.

"제가 근무를 하는 동안 번 금액이 적지 않아 사업을 하는데 부족하지는 않습니다."

카베인이 많은 돈을 주어 사업을 할 수 있게 해주었다는 말이었다.

상수의 대답에 피터슨은 조금 얼굴이 변했지만 그 정도로 화를 참지 못할 정도는 아니었다.

"그러면 사업을 잘 할 자신은 있는 건가?"

"예, 제가 하는 사업이니 제대로 한번 해볼 생각입니다."

"사업이라는 것이 자네 생각처럼 쉽지는 않을 거야."

피터슨은 자신도 사업을 하면서 어려운 일들이 많았기 때문에 하는 소리였다.

그만큼 힘이 드는 것이 사업이다.

설령 아무리 좋은 아이템을 가지고 있다 하더라도 사업을 시작한 이들 중 아주 극소수만이 성공을 하여 열매를 거두기 때문이었다.

물론 모두가 성공을 할 수가 있다면 성공이라는 말을 쓰지도 않겠지만 말이다. 아니 그전에 지금 직장에서 근무를 하는 이는 아무도 없겠지만 말이다.

"저도 쉽다고 생각하지는 않습니다. 하지만 그렇다고 기회를 버리고 싶지도 않습니다. 한번 제 사업을 성공시켜 보겠습니다."

상수의 대답에 피터슨은 이미 상수가 마음의 결정을 하고 온 것이라는 것을 느껴졌다.

저런 이에게는 아무리 좋은 미사여구를 해도 통하지가 않는 법니다. 그리고 피터슨은 오랜 연륜으로 그러한 사실을 이미 알고 있었다.

마음이 이미 떠나 있는데 잡는다 한들 설득이 먹히지를 않는 것이다.

자신도 마찬가지로 그렇게 일을 시작했으니 말이다.

그리고 그만두겠다는 사람 앞에서 추하게 굴고 싶지 않

은 것이 피터슨의 마음이었다.

이미 결정을 내리고 온 사람에게 계속 근무를 하라는 말은 자신만 불쌍하게 만들기 때문이었다.

"이미 마음의 결정을 하고 온 것 같으니 더 이상 말을 하지 않도록 하겠네. 그럼 그 건은 그만 하고… 그래 사업장은 어디로 하였나?"

"우선은 한국에서 시작을 하려고 합니다. 아무래도 모국이기 때문에 시작하는 게 그리 어렵지 않았기 때문입니다."

"한국은 재벌이 있는 곳이야. 그곳에서 시작을 하려면 대기업들이 그냥 있지는 않을 것이지만……."

"네, 그렇긴 합니다만 그 점은 그렇게 걱정하지 않고 있습니다."

"뭐 자네라면 크게 걱정을 하지 않아도 복안이 있겠지. 그래 오늘 온 것은 그만 두겠다는 이야기만 하려고 온 것인가?"

"예, 지금은 그만 두겠다는 이야기를 하려고 왔습니다. 별도로 한 가지 알려드릴 것도 있지만 말을 하지 않아도 아실 것 같네요."

상수의 대답에 피터슨은 고개를 끄덕이고 있었다.

"나는 자네가 오늘 온 이유가 부회장 때문에 온 것으로 생각하고 있었네. 아마도 부회장이 자네를 설득하기 위해 많은 것을 주겠다고 하였기에 그에 따라 나와 무언가 협상하기 위해 왔을 것이라 생각하고 있었네. 그런데 나의 예상과는 다르게 일이 전개가 되어서 조금 혼란스럽기는 하지만 말이야."

피터슨 전혀 혼란스럽지 않은 얼굴을 하며 그렇게 말을 하고 있으니 상수는 그런 피터슨을 보며 타고난 사업가라는 생각이 들었다.

'나도 오랜 연륜이 생기게 되면 저렇게 할 수 있을 것이다. 그러니 부러워하지 말자.'

보통의 사람이라면 그만 두겠다는 이야기를 하면 화를 내거나 설득을 하려고 할 것인데 피터슨은 전혀 그런 기색이 없었다.

아마도 사람의 눈빛을 보고 상대의 진심을 어느 정도는 파악을 하고 있었기 때문에 저런 것이라는 생각이 들었다.

상수의 생각대로 피터슨은 상대와 대화를 나누면서 어느 정도는 진심을 파악하고 결단을 내리고 있었다.

지금 상수와 이야기를 하면서도 피터슨은 지금 상수가 진심으로 이야기를 하고 있다는 것을 알고는 빠르게 머릿속으로 계산을 하였고 말이다.

그리고 그렇게 계산을 한 결과, 결국 말리지 못한다는 결론이 내려졌고 그렇게 결론이 내리니 상수와 대화를 아주 편하게 할 수가 있었던 것이다.

"부회장님이 보낸 사람은 그날 저와 이야기를 하였지만 바로 그 자리에서 거절을 하였습니다. 저에게 많은 것을 주겠다고 하였지만 받아들일 수가 없었기 때문입니다."

"그 문제는 고맙게 생각하네. 그나저나… 한국으로 돌아간다면 학교는 어떻게 할 생각인가? 힘들게 인맥을 동원하여 입학을 하였는데 말이야?"

피터슨은 능구렁이처럼 상수에게 슬쩍 올가미를 던지고 있었다.

"학교 문제는 제가 직접 찾아가서 해결을 할 생각입니다. 만약에 학교 측에서 받아들이지 않겠다면 어쩔 수 없이 그만두어야겠지만 말입니다."

상수는 피터슨의 걸려고 하는 올가미에 간단하게 대처를 해주었다.

상수의 대답에 피터슨은 미미하지만 얼굴에 표정이 나타나고 있었다.

지금 상당히 심기가 좋지 않다는 뜻이었다.

자신이 직접 찾아가 부탁까지 하여 입학을 하게 해주었는데 그런 것을 버린다는 소리를 하고 있으니 기분이 좋지 않았던 것이다.

"그러면 이제 우리 회사는 완전히 정리를 하고 사업에만 매진을 할 생각인가?"

"예, 그럴 생각입니다. 지금은 사업을 시작하는 단계이니 말입니다."

"알겠네. 이미 마음이 그렇게 결정을 내렸다고 하니 더 이상 이야기를 해도 소용이 없겠군그래. 자네의 퇴사는 바로 처리를 해 주도록 하겠네."

피터슨의 깔끔한 대답에 상수는 솔직히 기분이 찜찜하게만 느껴졌다.

저렇게 순순히 퇴사를 받아들이고 결정하는 것이 마음이 편지 않아서였다.

하지만 이미 내려진 결정을 자신이 반복할 수는 없는 일이었기에 회장실을 나올 수밖에 없었다.

피터슨의 얼굴에서는 그만 나가라는 눈치를 주고 있는데 있을 수가 없었기 때문이다.

상수는 그렇게 카베인의 일을 정리하게 되었다.

상수는 카베인의 일을 정리하고는 캐서린에게 전화를 걸었다.

드드드.

—여보세요? 이사님?

"캐서린, 어디에요? 지금 막 회장실에서 나왔습니다. 저는 이제 일을 모두 마쳤어요."

—저도 사표를 내고 지금은 밖에 있어요.

캐서린은 이미 사표를 던졌기에 회사가 아닌 밖에서 상수를 기다리고 있었다.

상수가 함께 하자는 이야기를 하는 순간에 캐서린은 이미 회사에 미련을 모두 버리고 있었기에 빠르게 사표를 낼 수가 있었다.

사랑을 위해 캐서린은 모든 것을 버리고 상수를 따르기로 한 것이다.

상수는 미셸이 있는 사무실에는 가지 않았는데 이는 캐서린 때문이었다.

두 명의 미녀를 데리고 살 자신이 없었고, 솔직히 이제는 미셸보다는 캐서린에게 더욱 마음이 가는 것을 스스로 인지하고 있었기 때문이었다.

"저는 지금 막 회사 정문을 나서는 길인데 어디에 있어요?"

—잠시만요. 제가 그리로 갈게요.

캐서린은 회사의 문이 보이는 곳에 있었는데 이는 혹시 상수가 그냥 갈지도 모른다는 생각이 들어서였다.

남자와 여자는 생각이 다른지 불안한 마음이 들어 캐서린은 먼저 사표를 던지고는 바로 나와 기다리고 있었던 것이다.

캐서린도 미셀이 상수를 좋아한다는 사실을 알기에 사무실로 가면 미셀이 혹시 육탄공세를 할지도 모른다는 불안감이 들어서였다.

상수는 전방에서 손을 흔드는 캐서린을 발견하였고 바로 그쪽으로 걸어갔다.

"캐서린, 오래 기다렸어요?"

"아니에요. 저도 금방 나왔어요."

"그럼 우리 이제부터 백수가 된 거네요?"

상수는 입가에 미소를 지으며 캐서린을 보며 그렇게 농담을 하였다.

그런 상수의 얼굴을 보며 캐서린도 얼굴에 환한 미소를 지으며 웃어 주었다.

"호호호, 그러네요. 우리는 이제 백수가 된 거네요. 이렇게 시간이 남으니 우리 어디 좋은 곳으로 데이트나 해요. 아직까지 한번도 마음 편하게 데이트를 하지 못한 것 같아요."

캐서린은 그동안 회사에 근무를 하니 상수와 데이트를 하고 싶어도 하지 못한 것을 두고 하는 말이었다.

상수는 그런 캐서린을 보며 고개를 끄덕여 주었다.

"좋아요. 여기 지리는 캐서린이 잘 아니 캐서린이 안내를 해주면 나는 따라 갈게요."

"알았어요. 오늘은 내가 책임지고 안내를 해드릴게요."

둘은 그렇게 다정하게 팔짱을 끼고 이동을 하게 되었다.

상수는 차량도 회사를 그만두면서 반납을 하고 나왔기에 지금은 차량이 없었다.

결국 캐서린의 차로 이동을 하게 되었는데 상수는 지금 이 순간 아주 기분이 좋았다.

제9장 캐서린

UNION BANK

상수가 나가고 피터슨 회장은 바로 화를 내기 시작했다.

"이런 빌어먹을 새끼가! 내가 그렇게 생각해서 잘 해주겠다고 하는데 그만두겠다는 소리를 하고 나가?"

피터슨은 내심 상수를 자신의 후계자로 생각하고 있었다.

그만큼 상수의 능력을 인정하고 있었기 때문이다.

그리고 피터슨에게는 자신이 근무를 하는 카베인을 세계적인 회사가 아닌 세계에서 제일가는 회사로 만들고 싶다는 야망이 있었다.

지금 이 자리까지는 자신이 만들었다.

하지만 이렇게 성장을 한 후에는 좀처럼 앞으로 나가가지 못하던 차에 상수가 나타난 것이다.

한참 고민을 하던 피터슨 회장에게 상수가 보여주는 능력은 예사롭지 않았다.

피터슨은 상수가 예사롭지가 않다는 판단을 하게 되었고, 경력을 무시하고 바로 이사로 발령을 내서 상수의 능력을 시험하게 하였다.

결과는 아주 대만족!

그 후로는 피터슨이 직접 상수를 챙겨줄 정도로 상수를 아껴주고 있었다.

그런데 그런 자신의 믿음을 배신하고 새롭게 사업을 한다고 나간 것이다. 회사를 그만 두고 나가는 모습을 보니 속에서 열불이 난다.

"어디 두고 보자. 과연 사업을 한다고 잘할 수 있는지 말이다. 내가 그 빌어먹을 사업이 망하게 해서 나에게 와서 빌게 만들어 주마."

피터슨은 그렇게 상수가 사업을 망하게 하려는 마음을 먹게 되었다.

이는 믿었던 인물에게 배신을 당하게 되니 더욱 가슴에 상처가 되었기 때문에 그런 것이다.

상수의 능력이 어느 정도만 되었어도 피터슨이 이런 생각을 하지는 않았을 것이다.

하지만 피터슨이 보는 상수는 어느 누구에게도 줄 수 없는 보물과도 같은 존재였다.

때문에 사업에 실패를 하게 하여 다시 돌아오게 해서라도 자신의 사람으로 만들려고 하고 있었다.

상수로서는 좋게 해결을 했다고 생각하고 나갔지만 피터슨은 이런 꿍꿍이를 가지고 있었다.

상수와 피터슨은 그렇게 보이지 않은 전쟁을 하게 되었지만 상수는 그런 사정을 모르고 캐서린과 즐거운 데이트를 하고 있었다.

"이사님, 우리 여기 들어가요."

캐서린이 즐거운 얼굴을 하며 음식점으로 들어가자고 하자 상수는 갑자기 정색을 하는 얼굴을 하고는 캐서린을 보며 말했다.

"캐서린, 이제 나는 카베인의 이사가 아니니 그렇게 부르지 마요. 나의 이름은 정상수이니 앞으로는 상수라는 이름을 불러 줘요."

상수가 갑자기 정색을 하였을 때는 캐서린이 조금 긴장을 했는데 상수의 말을 들으면서는 캐서린의 얼굴이 아주 환해지고 있었다.

“정말 그렇게 불러도 되요?”

“이제 캐서린과 나는 연인이니 당연히 그렇게 불러도 되요 설마 캐서린은 내 애인이 되는 것이 싫은 것은 아니지요? 그렇다면 이사님이라고 불려도 되지만…….”

상수의 말에 캐서린은 기겁을 하는 얼굴을 하고는 바로 대답을 했다.

“아니에요. 저도 좋아요.”

그리고 잠시 상수의 눈을 응시하더니 말을 이었다.

“단지… 이렇게 급작스럽게 말을 들으니… 조금 놀라서 그런 거에요.”

캐서린은 상수가 연인라는 말을 해주니 너무 기뻤다.

자신도 내심 이제는 그런 관계라 생각을 했지만 상수의 입으로 직접 연인이라는 이야기를 들으니 더욱 기분이 좋았기 때문이다.

이제는 혼자만의 사랑이 아닌 것이다.

서로 사랑하는 사이가 되자고 말해주니 그런 상수에게 진심으로 고마움을 느끼고 있는 캐서린이었다.

“자, 우리 캐서린. 이제 안으로 들어갈까요?”

상수는 캐서린을 보며 다정스러운 목소리로 말을 했다.

“예, 들어가요.”

캐서린과 상수는 그렇게 하루 종일 식사를 하고 거리를 돌아다니면서 구경을 하며 즐거운 시간을 보내게 되었다.

시간이 지나 어둠이 사방을 덮고 있으니 상수는 캐서린을 보며 물었다.

"캐서린, 오늘 행복했어요. 이렇게 즐거운 시간은 처음이었어요. 아마도 캐서린이 옆에 있어서 그런 것 같아요."

캐서린에게는 아주 감미로운 음료와 같은 말이었고 그 말에 캐서린의 얼굴은 바로 붉어지고 말았다.

"저, 저도… 즐거웠어요. 상수."

"하하하, 캐서린. 그렇게 얼굴을 붉히니 더욱 사랑스럽다는 것은 알고 있나요?"

상수는 캐서린을 보니 갑자기 장난을 치고 싶다는 생각이 들어 하는 말이었다.

하지만 듣고 있는 캐서린은 그 말에 더욱 얼굴이 붉어지고 말았다.

지린 말을 상수가 할 것이라고는 생각지 못했기 때문이었다.

여자나 남자나 사랑에 빠지면 모든 말이 다 좋게 들리는 것인지 캐서린이 지금 딱 그런 모습이었다.

상수의 말은 모두 자신만을 위한 말로 들렸기 때문이다.

상수는 그런 캐서린을 위해 가볍게 키스를 해주었고 캐서린은 상수의 키스를 하며 가슴이 사정없이 뛰는 것을 진정시키기 위해 노력을 해야 했다.

키스를 마치고 상수는 캐서린을 보았다.

"캐서린, 내가 하버드에 입학한 일은 알고 있지요?"

"예, 알고 있어요."

"내일은 그 하버드에 가서 일을 좀 해야 해요. 사실 하버드에서는 내가 입학을 하는 조건이 바로 카베인의 이사였기 때문이었는데 이제 회사를 그만두었으니 가서 이야기를 해주고 어떻게 처리를 할 것인지를 들어야 해서요."

캐서린도 상수가 카베인의 이사이기 때문에 학교에 입학을 한 사실을 알고 있었다.

회사의 업무가 바쁘기도 하지만 사실은 상수의 능력이 중요한 일들이었기에 학교 측에서도 그런 사정을 봐주어 수업을 참가하지 않아도 된다는 배려를 해준 것이었다.

하지만 이제는 상황이 바뀌었다. 때문에 우선은 학교에 가서 상황을 알아보아야 했다.

캐서린도 충분히 이해가 가는 이야기였기에 고개를 끄덕였다.

"그러면 한국에는 언제 가는 건가요?"

"회사는 마무리되었으니 학교의 일과 캐서린만 준비되면

바로 출발을 할 생각이에요. 그러니 내일 일을 마치고 바로 출국을 할 준비를 해두세요."

상수의 대답에 캐서린은 조금 미적거리는 것이 무언가 할 말이 있는 것 같았다.

상수도 눈치는 있기 때문에 캐서린이 자신에게 하고 싶은 말은 있지만 하지 못하는 것을 보고는 먼저 입을 열었다.

"캐서린, 우리는 이제부터 남이 아닌 서로를 알아가는 사이라고 했지요? 한국에서는 그런 사이를 연인이라고 해요. 나는 캐서린을 나의 연인이라고 생각하는데 캐서린은 아닌 것 같네요. 나에게 하고 싶은 말이 있으면 지금 하세요."

상수의 말에 캐서린은 용기를 내서 이야기를 하기 시작했다.

"상수, 나에게도 가족이 있어요. 어머니와 동생이 둘 있는데 아직 상수와 만나고 있다는 이야기를 하지 않았어요. 그래서 한국에 가기 전에 우리 가족들과 식사를 하였으면 해요. 한국에 가면 한동안은 미국으로 올 수가 없을 것 같으니 말이에요."

상수는 캐서린의 말을 듣고 자신이 미처 캐서린에 대한 생각은 해주지 못했다는 것을 알게 되었다.

당연히 캐서린은 미국 사람이니, 이곳에 부모도 있고 친척도, 그리고 모든 관계가 이곳에 있는 것이다.

아무리 사랑하는 연인을 따른다지만 미국과 한국은 엄연히 다른 곳이다.

그런데 자신의 입으로 연인이라고 하였으면서 그런 기본적인 사정도 생각지 못했다는 것이 상수는 캐서린에게 미안했다.

"미안해요. 나는 아직 거기까지는 생각을 하지 못했네요. 캐서린의 말대로 가족과 식사를 할 수 있게 시간을 낼게요. 내일 저녁은 캐서린의 가족과 식사를 하면서 시간을 보낼게요."

상수가 바로 허락을 하자 캐서린은 얼굴이 환해졌다.

그만큼 기쁨이 캐서린의 마음을 즐겁게 해주고 있었기 때문이다.

"고마워요. 그런 부탁을 들어 주어서요."

"캐서린, 부탁이라니요. 당연한 거예요. 캐서린의 가족은 내 가족과도 같은 법이니 고맙다는 말은 하지 마요. 우리는 연인이잖아요."

상수는 그렇게 말을 하며 캐서린의 머릿결을 부드럽게 쓰다듬어 주었다.

캐서린은 머리를 쓰다듬는 것이지만 이상하게 상수의 손길에 가슴이 심하게 요동을 치고 있었다.

둘은 그렇게 이야기를 마치고 헤어졌지만 캐서린은 상수가 사라져 보이지 않을 때까지 상수의 뒷모습을 보고 있었다.

'나의 사랑… 정말 고마워요.'

캐서린으로서는 지금 이 상황이 꿈만 같았다.

어제까지만 해도 상수가 없는 회사를 다니는 게 지옥 같았는데… 지금은 이렇게 행복하다니…….

캐서린은 속으로 그렇게 생각하며 입가에는 행복한 미소를 짓고 있었다.

상수와 키스를 하면 이상하게 가슴이 두근거리는 것이 캐서린은 자신도 모르게 자신의 입술을 손으로 훔치고 있었다.

상수도 숙소로 돌아와서 집안의 짐을 정리하며 생각을 하고 있었다.

미국에 와서 맺은 인연으로 인해 지금은 연인이 되어 가고 있지만 한국에 가서가 고민이었다.

어머니에게는 어떻게 설명을 해야 할지가 말이다.

한국 사람은 외국인에 대한 편견을 버려야 하는데 아직 자신의 어머니도 그런 편견을 가지고 있다는 것을 알기에 고민이 되었던 것이다.

상수는 짐을 정리하면서 앞으로 어떻게 해야 할지를 고민하게 되었다.

캐서린을 한국으로 데리고 가서 함께 살고 싶은 마음은 간절했지만 결혼도 하지 않고 그렇게 동거부터 시작을 한다는 것도 문제가 있었다. 그렇다고 혼자 살게 하는 것도 마음에 들지 않았다.

"흠, 이거 은근히 고민이 되네. 내일 캐서린의 가족과 만나 이야기를 하는 것이 좋겠다."

상수는 혼자 아무리 고민을 해봐야 결론이 없다고 생각을 하고는 내일 캐서린의 가족들과 대화를 해서 방법을 찾으려고 하였다.

상수는 그렇게 생각을 정리하고는 잠을 청했지만 잠이 오지를 않아 거의 뜬눈으로 밤을 보내게 되었다.

* * *

하버드의 총장실이 있는 건물.

다음 날, 건물 앞에 도착한 상수가 건물을 올려다 보고 있었다.

오랜 세월의 흔적이 그대로 느껴지는 건물이라 상수는 보는 것만으로도 아주 흡족해 하고 있었다.

건물의 안으로 걸어가니 입구에서 경비가 상수를 막았다.

"어떻게 오셨습니까?"

"정상수라고 학교 학생입니다. 총장님과 약속이 되어 있어서 왔습니다."

상수가 당당하게 학생이라는 말을 하자 경비는 조금 놀란 얼굴을 하며 상수를 보게 되었다.

상수는 경비의 눈빛에 정말인지를 확인하는 것을 보고는 손에 들고 있던 학생증을 보여 주었다.

그 안에는 하버드의 재학생임을 증명하는 학생증이 있었다.

경비는 학생증을 보고는 상수의 말이 사실이라는 것을 알고는 바로 길을 열어 주었다.

재학생은 언제든지 총장실로 갈 수 있었기 때문이었다.

상수는 경비에게 간단하게 수고하라는 말을 전하고는 바로 안으로 들어갔다.

총장실의 입구에 도착을 하자 상수는 가볍게 노크를 하였다.

똑똑.

"들어오세요."

총장의 비서가 대답을 해주었다.

문을 열고 안으로 들어간 상수는 전에 보았던 비서를 보고는 웃으며 물었다.

"안녕하세요. 총장님을 뵙고 싶어 왔습니다."

비서는 상수를 보고는 아직 기억을 하는지 바로 알아보았다.

"아, 카베인의 이사님?"

"예, 정상수라고 합니다."

"잠시만 기다려 주세요."

비서는 그렇게 말을 하고는 바로 인터폰으로 안에 알려주었다.

총장은 상수가 찾아왔다는 말에 들어오라는 지시를 했다.

상수는 이미 다 들었기에 총장실의 문을 열고 안으로 들어가게 되었다.

총장실에는 총장과 다른 분이 이야기를 하고 있었는지 커피잔이 두 개 있었다.

"어서 오게. 카베인의 이사가 여기는 어쩐 일인가?"

총장은 상수가 외국어를 하는 것을 보고는 학교의 명성을 널리 알릴 인재로 생각하고 있었기에 상수를 대하는 얼굴에는 아주 친절함이 묻어 있었다.

산수는 총장이 친절하게 말을 하는 것은 좋았지만 지금

은 외부인이 함께 있어서 말을 하기가 조금 곤란했다.

상수의 얼굴을 보고 총장은 바로 무엇 때문인지를 눈치를 챘다.

"허허허, 자네 때문에 말하기가 곤란한 모양이니 나중에 다시 이야기를 하도록 하세."

"그렇게 하지."

총장과 하는 말을 들어보니 친구 사이 같은 느낌이 들었지만 그래도 상수는 학교의 인물이 아니기 때문에 조심을 하려고 하였다.

상수는 총장의 친구가 나가는 것을 보고는 입을 열기 시작했다.

"저기 총장님에게 할 이야기가 있어 왔습니다."

"그래 무슨 일인가?"

"사실은 말입니다."

상수는 그러면서 자신의 상황을 총장에게 자세하게 설명을 하기 시작했다.

카베인의 이사를 그만두고 지금은 자신의 사업을 하고 있다는 것과 이번 러시아에서 대규모의 입찰에 성공하여 공사를 시작해야 한다는 내용이었다.

총장은 상수가 하는 이야기를 들으면서 놀라지 않을 수가 없었다.

상수의 말대로 무려 육천억 불이라는 엄청난 공사를 상수가 입찰에 성공하여 새롭게 사업을 하게 되었다고 들었기 때문이었다.

이는 미국의 대기업이라고 해도 부담이 되는 금액이었는데 일개 개인이 그런 엄청난 입찰을 하였고 성공하였다는 말이 믿어지지가 않았기 때문이다.

"자네의 말대로 러시아의 입찰을 따서 이제는 사업을 하니 전처럼 수업을 받지 못해도 이해를 해달라는 말인가?"

"그렇습니다. 이번 공사는 저에게는 사활을 걸어야 하는 일이기 때문에 수업을 받을 수가 없기 때문입니다. 그리고 이번 공사만 있는 것이 아니기 때문에 업무를 소홀히 할 수가 없는 상황입니다. 그래서 총장님의 의견을 들어보고 결정을 하려고 여기에 온 겁니다."

상수의 설명을 들으니 이번 공사 하나가 아니라 다른 공사도 있다는 것을 느낄 수가 있었다.

상수가 카베인에서 능력을 인정을 받고 있다는 사실을 총장도 알고 있었지만 이렇게 대단한 인물인지는 총장도 몰랐기 때문에 지금 정신을 차릴 수가 없었다.

총장은 바로 대답을 할 수 있는 말이 아니었기에 심각하게 고민을 하는 얼굴을 하며 상수를 보았다.

"지금 당장 학교의 대답을 해줄 수는 없을 것 같네. 이번 일은 우리도 회의를 열어 다른 사람들의 이야기를 들어야 할 것 같으니 말이네."

상수도 충분히 이해가 가는 대답이었기에 고개를 끄덕였다.

"총장님의 말씀 충분히 알아들었습니다. 제가 하고 싶은 말은 저의 사정을 충분히 이해를 해주셨으면 해서 오게 된 겁니다. 우선은 직접 뵙고 설명을 하는 것이 도리라고 생각을 하고 있었기에 찾아온 겁니다."

상수의 대답에 총장은 고개를 끄덕였지만 아직도 상수의 말을 모두 믿는 것은 아니었다.

"우선은 자네의 말이 진실이라는 근거를 제출해 주게. 그 서류를 보고 회의를 해야 하니 말일세."

입찰에 성공을 하였으면 그에 해당하는 서류가 있을 것이고 사업자가 있다면 사본을 내라는 말이었다.

모든 서류들을 보고 회의를 열어 상수를 어찌할 것인지를 결정하겠다는 이야기였다.

상수는 총장의 대답에 바로 서류들을 꺼내 주었다.

사전에 이런 결과가 나올 것을 생각하고 준비를 하였던 것이기 때문이다.

두툼한 봉투를 총장에게 전한 상수는 총장에게 다시 정중하게 인사를 하였다.

"전 지금도 하버드의 학생이라는 사실에 자부심을 가지고 있습니다. 비록 사업을 하기 때문에 수업을 받지는 못하지만 언제나 저의 마음속에는 하버드 학생이라는 자부심을 가지고 있었습니다. 그런 저에게 앞으로도 계속해서 자부심을 가질 수 있도록 선처를 해주시기를 간절히 바랍니다."

상수는 총장에게 자신이 하고 싶은 모든 말을 전달하였다.

총장도 상수가 앞으로 엄청난 인물이 될 것이라고 보고 있었기에 하버드의 입학을 허락한 것이었다.

정보에 의하면 상수는 그 대단하다는 카베인 내에서도 엄청난 능력자로 통하는 인물이라는 것을 총장도 알고 있었다.

그만큼 대단한 능력을 가지고 있고 재능이 있다는 이야기였다.

그런 인물이 하버드 출신이 되어 성공을 하게 되면 학교의 입장에서도 상당한 선전이 되기 때문에 총장도 지금 상수의 말을 긍정적으로 생각해 볼 생각이었다.

사람의 능력은 하루아침에 이루어지는 것이 아니라고 생각하고 있어서였다.

물론 상수는 그런 총장의 생각과는 다른 인물이었지만

말이다.

“자네의 말을 그대로 회의에 전하도록 하겠네. 나도 개인적으로 자네와 같은 인재가 우리 학교 출신으로 남아 있었으면 하는 생각이지만 다른 이들도 나와 같지는 않을 것이니 기대는 하지 말게.”

총장은 오랜 시간을 살아오면서 희망을 주는 것이 얼마나 부질없는 짓인지를 알기에 내심과는 달리 부정적으로 말을 해주고 있었다.

상수는 총장의 말대로 만약에 학교를 그만두게 되어도 사업을 포기할 생각은 없었다.

독립을 해 사업을 하게 된 지금, 학벌이 그렇게 중요하지 않다고 생각이 들어서였다.

그리고 자신은 학벌이 없어도 충분히 남보다 뛰어난 실력을 보여줄 수가 있다는 자신감이 있었다.

그만큼 상수도 노력을 하고 있기 때문이었다.

러시아에서 배운 경영학이 비록 많은 부분에서 부족하기는 하지만 그래도 이제는 그것을 바탕으로 자신의 경험과 직관을 더해 충분히 실전에서 써먹을 수 있다는 자신감을 가지고 있었다.

그리고 그러한 자신감을 바탕으로 혼자서도 충분히 배울 수 있다고 생각하고 있었다.

"알겠습니다. 하지만 저의 입장에서는 아무쪼록 좋은 결과가 나오기를 기대하고 있겠습니다. 총장님."

"그만 돌아가게."

"예, 저는 한국에 있을 것 같으니 메일로 결과를 통보해 주시던지 아니면 핸드폰으로 연락을 주시기 바랍니다."

상수는 그렇게 인사를 하고는 나갔다.

총장은 상수의 입장은 이해가 갔지만 이번 일은 조금 힘들 것이라는 생각을 하고 있었다.

하버드에 편입을 하려는 학생들이 많았지만 그중에 특별한 이들이 있었는데 바로 상수와 같은 이들이었다.

그런 이들이 많은 하버드였기에 이번에는 힘들 것이라는 생각을 하는 총장이었다.

"아까운 인재가 사업 때문에 망하게 되었군그래."

하버드 총장은 카베인과 같은 튼튼한 기업을 두고 사업을 하려고 하는 상수가 이해되지 않는 얼굴을 하고 있었다.

하기는 총장의 입장에서는 그렇게 생각을 할 수도 있는 문제이기는 했다.

그리고 총장이 이번 상수의 문제가 힘들 것이라는 생각을 하게 된 원인이 바로 기업체가 미국에 없기 때문이었다.

미국에 본사를 두고 시작을 하는 것이라면 일말의 동정이라도 받을 수가 있지만 미국이 아니기 때문에 힘들 것이라는 생각을 하게 되었다.

상수는 하버드를 나오면서 웃고 말았다.

"내가 언제 학벌에 연연하고 살았냐? 예전에도 학벌에는 신경을 쓰지 않았는데 갑자기 출세를 하니 학벌에 연연하고 있었네. 이제는 그런 것에 신경을 쓰지 말고 앞으로 내가 해야 하는 일에만 전력을 다하자. 학벌이 중요하기는 하지만 그렇다고 전부는 아니지 않나."

상수는 그렇게 웃으면서 학벌에 대한 미련을 버리고 있었다.

하버드라는 학벌에 미련을 가지고 있는 이유는 자신 때문이 아니라 어머님 때문이었다.

어머님은 자식인 자신이 대학이라도 나왔으면 고생을 하지 않고 살아갈 수가 있다고 생각을 하고 있는 분이었기에 하버드에 입학을 하게 되었던 것이다.

물론 자신에게도 학벌이라는 것이 필요하기는 했지만 이제는 그런 학벌이 없어도 자신은 충분히 이상이 없다고 생각을 하는 상수였다.

상수는 그렇게 생각을 하고는 기분 좋게 캐서린이 있는 곳으로 가고 있었다.

한편 캐서린은 지금 황당한 상황에 놀라고 있었다.

"아니 미셀이 여기는 어떻게 온 거예요?"

"나도 이사님을 따라 한국으로 갈 생각이에요. 캐서린도 나하고 정당하게 대결을 하자고 하지 않았나요? 그런데 정당한 대결이 겨우 이런 방법인가요?"

미셸은 상수가 돌아오기를 기다렸지만 아무리 기다려도 오지를 않아 이상하게 생각이 들어 특수부에 갔는데 거기서 이상한 이야기를 듣게 되었다.

바로 캐서린이 상수를 따라 한국으로 가게 되었다는 말과 함께 상수가 이번에 새롭게 회사를 설립하여 한국에서 사업을 한다는 말이었다.

그 말을 듣는 순간에 미셸은 이성을 잃게 되었다.

그리고 그 후로는 지금처럼 바로 회사를 나와 캐서린의 집으로 쳐들어 온 것이다.

미셸의 등장으로 인해 캐서린은 지금 골치가 아팠다.

"미셸과 정당하게 대결을 하고 싶지만 지금은 그런 상황이 아니라 미안하네요. 저는 이미 회사를 그만 두었으니 말이에요. 그리고 저는 상수를 따라 한국으로 가기로 하였어요."

캐서린은 사표를 던지고 이미 회사를 그만두었기 때문에 하는 말이었다.

그리고 캐서린은 이미 한국으로 상수를 따라 가기로 마음을 정했기 때문에 이제는 미셸을 보아도 적이라는 생각이 들지는 않았다.

서로가 한 사람을 좋아 했기에 정당하게 승부를 보자고 하였던 추억들이 남아 있어서였다.

미셸은 캐서린의 태도를 보고는 속에서 열이 받아 미칠 것만 같은 기분이었다.

회사에서 듣기로는 사무실에서 키스를 했다는 이야기를 들었기 때문이다.

자신도 상수를 좋아하고 있었기에 그런 상수를 캐서린에게 빼앗겼다는 생각이 드니 기분이 좋을 수가 없었다.

하지만 미셸과 캐서린은 입장이 달랐다.

캐서린은 없는 집안에서 태어나 힘들게 살아왔지만 미셸은 그 반대의 삶을 살았기 때문에 캐서린처럼 상수를 따라 한국으로 간다는 생각을 하지 못하기 때문이었다.

미국을 떠나 여행을 간다면 모르지만 한국에서 살아야 한다는 것은 미셸에게는 무리였다.

미셸도 그런 자신의 입장을 알고는 있지만 기분이 나빠 시 캐서린을 찾아온 것이다.

누군가에게 미모로 패배를 하였다는 것이 미셸을 화가 나게 하였기 때문이었다.

하지만 이미 사표를 던진 캐서린에게 더 이상 미셸이 할 말은 없었다.

단지 화가 나서 찾아오기는 했지만 캐서린은 한국까지 함께 가기로 하였다고 하니 미셸의 입장에서는 더 이상 그런 캐서린에게 말을 할 수가 없었다.

제10장 캐서린의 가족

UNION BANK

상수는 하버드를 나와 캐서린의 집에 도착을 하였다.

"가신 일은 잘 해결이 되었나요?"

"아직 결과는 나도 몰라요. 총학장님이 회의를 해서 결과를 통보해 준다고 하였지만… 솔직히 그리 좋은 상황은 아니에요."

"그래도 단번에 거절을 한 게 아니라 회의를 해서 결과가 나온다고 하니 아직 부정적으로 생각지는 말아요. 혹시 좋은 결과가 나올 수도 있으니 말이에요."

캐서린은 하버드에 가서 본 일이 그리 좋지 않은 것을 알았지만 그렇다고 나쁘게 말을 해주고 싶지는 않았다.

"나도 부정적으로 생각지는 않아요. 하지만 그렇다고 하버드에 너무 연연하고 싶지도 않고요."

상수의 말에 캐서린은 상수가 더 이상 하버드에 연연해 하지 않고 있다는 것을 알았다.

"다만… 어머니는 제가 하버드에 입학을 하였다고 해서 참 좋아하신 얼굴이 생각이 나서 조금 걱정이 되었어요. 우리 어머니는 학벌에 상당히 민감한 분이신 분이에요."

하지만 캐서린은 상수가 상수의 어머니 때문에 학벌에 연연하는 것은 아니라고 생각했다.

상수가 이제 사업을 시작했는데 학벌 때문에 문제가 되는 일은 없을 것 같아서였다.

자신이 옆에서 본 상수는 상당히 뛰어난 인물이었고 주변의 인맥도 엄청나다고 보고 있었기 때문이다.

"이제 그 일을 잊어요. 어차피 생각을 한다고 해서 결과가 달라지지는 않으니 말이에요."

"그렇게 해요. 그나저나 오늘 집에 가는 건요? 미리 연락을 하였나요?"

"예, 지금 출발을 하면 될 것 같아요."

"네, 그러면 바로 가요."

상수는 캐서린과 함께 움직이면 조금 기분이 좋아질 것

같아 가자고 하였다.

캐서린도 그런 상수의 기분을 이해하고 있었기 때문에 흔쾌히 수락을 하였다.

하지만 오늘 미셀이 자신에게 찾아온 이야기는 하지 않았다.

괜한 말을 해 이 행복을 깨뜨리고 싶지 않아서였다.

그렇게 캐서린과 상수는 캐서린의 어머니가 살고 있는 집으로 가게 되었다.

상수는 가는 도중에 캐서린의 어머니에게 줄 선물을 사기로 했다.

캐서린은 그냥 가도 괜찮다고 만류를 했지만 상수는 한 사코 선물을 사야 한다고 고집을 부렸다.

"한국에서는 남의 집에 갈 때 빈손으로 가는 것은 실례이기 때문에 선물을 사서 가는 겁니다. 캐서린도 이제는 한국에서 살아야 하니 내가 하는 것을 보고 배우세요."

상수의 말에 캐서린은 더 이상 만류를 할 수가 없었다. 결국 캐서린이 뜻을 꺾어야 했지만 기분만은 좋았다.

선물을 사가지고 가면서 캐서린은 자신의 가정환경에 대한 이야기를 상수에게 해주었다.

캐서린의 가족은 어머니와 남동생과 여동생이 있었는데 남동생은 지금 직장을 다니지만 여동생은 아직 학생이기 때문에 어머니가 일을 하고 있다고 말해주었다.

그리고 캐서린의 가족은 어머니가 삼남매를 키워왔기 때문에 그렇게 넉넉한 생활을 하고 있지 않다는 이야기도 상수에게 숨기지 않고 모두 이야기를 해 주었다.

가정이 불우하다고 해서 가정이 불행한 것은 아니었지만 캐서린은 자신이 번 돈의 대부분을 집으로 보내고 있었다.

상수는 캐서린의 이야기를 들으면서 캐서린이 참 힘들게 살고 있다는 것을 알게 되었다.

드디어 상수와 캐서린이 캐서린의 가족이 살고 있는 집에 도착했다.

딩동!

이미 연락을 받았는지 벨 소리가 들리자마자 문이 열렸다.

"어서 오세요. 캐서린, 어서 와라."

"예, 안녕하십니까."

"엄마, 여기서 그러지 말고 안으로 들어가요."

"그래 들어가자. 동생들도 기다리고 있으니 말이다."

캐서린은 상수에게 눈짓을 하며 안으로 들어갔다.

캐서린의 어머니가 사는 집은 그리 크지는 않지만 그래도 아담해 보이는 집이었다.

미국은 집을 사는 것보다는 세를 내고 사는 곳들이 많았는데 캐서린의 모친도 그린 집에서 살고 있었다.

내부를 꾸미지는 않았지만 상수가 보기에는 소박하게 살고 있는 것 같아 그리 나쁘지는 않았다.

거실로 안내를 받아 우선 자리에 앉아 가족들과 인사를 먼저 하게 되었다.

"여기는 우리 어머니인 낸시 여사이고 재는 남동생인 피터, 재는 여동생인 제시카에요."

"안녕하세요. 저는 정상수라고 합니다. 캐서린과는 같은 회사에서 근무하며 알게 된 사이입니다."

상수는 정식으로 캐서린의 어머니에게 인사를 하였다.

"그래요. 반가워요. 우리 캐서린이 남자를 집으로 데리고 오는 일은 이번이 처음이네요."

캐서린은 아마도 일 때문에 그동안 남자를 만날 시간이 없었던 모양이다.

그러니 집으로 남자를 데리고 오는 것은 상상도 못했을 것이다.

"안녕하세요. 캐서린 누나의 동생인 피터입니다. 그런데 카베인에 근무를 하세요?"

캐서린은 남동생의 질문에 바로 인상을 썼다.

"피터. 내가 다니는 직장의 상사시니 말조심해라. 우리 회사 이사님이시니 말이다."

캐서린은 카베인을 그만 두었지만 집에는 아직 이야기를 하지 않은 모양이었다.

상수는 캐서린이 이야기를 하지 않은 것에는 다른 이유가 있을 것이라고 생각이 들어 자신의 입으로 말을 하지는 않았다.

"피터라고 했지? 내가 반말을 한다고 기분이 상하지는 말고 나는 카베인의 이사가 아니라 누나의 남자 친구로 여기에 온 것이니 편하게 생각해 주기를 바래."

상수의 대답에 피터는 눈이 동그래지며 놀란 얼굴을 하였다.

상수가 비록 키가 크기는 하지만 동양인이었는데 그런 동양인과 누나가 사귀고 있다는 사실이 피터에게는 놀라운 일이었던 모양이다.

"정말로 우리 언니와 사귀는 거예요?"

캐서린의 막내 동생인 제시카는 상수를 보며 눈을 크게 뜨면서 물었다.

"하하하, 제시카는 나중에 상당한 미인이 될 것 같네. 그래, 언니의 애인으로 오늘 인사를 드리기 위해 온 것이다. 이제 대답이 되었니?"

상수의 대답에 제시카도 놀란 얼굴을 하였다.

하지만 캐서린의 어머니는 놀라지 않고 그저 담담한 눈

길을 하며 상수를 보고 있었다.

상수는 그런 낸시 여사를 보고 가지고 온 선물을 주었다.

"여기 제가 준비한 선물입니다. 한국에서는 처음 방문을 하는 집에 빈손으로 가는 것은 예의가 아니라고 가르치고 있습니다. 비록 값진 것은 아니지만 마음으로 고른 것이니 마음에 드셨으면 합니다."

상수가 주는 선물을 받는 낸시는 웃으면서 인사를 했다.

"고마워요. 선물은 정말 오랜만에 받아 보네요. 집안에 손님이 온 기억이 거의 없으니 말이에요."

낸시가 선물을 받으며 하는 대답에 상수는 캐서린의 집안에는 손님들이 오지 않는다는 것을 알았다.

하기는 사는 형편이 그리 좋지 않으니 손님을 초대하는 일도 그리 쉬운 일이 아니었다.

상수는 낸시에게 선물을 주고 남은 선물을 동생들에게도 주었다.

"여기 이거는 피터의 선물이고. 이거는 제시카의 선물이야."

상수가 주는 선물에 제시카는 얼굴이 환해졌지만 피터는 그렇지가 않았다.

마치 무슨 선물 공세를 당하는 그런 얼굴을 하고 있었다.

캐서린은 그런 남동생을 보고 인상을 썼다.

"피터 선물을 받으면서 그런 얼굴을 하는 것은 상대에 대한 실례라는 것을 모르니? 그리고 제시카는 왜 인사를 하지 않지?"

캐서린의 말에 제시카와 피터는 황급히 인사를 했다.

"감사합니다."

"감사합니다."

"하하하, 그렇게 좋은 것은 아니지만 마음에 들었으면 좋겠다."

상수는 지금 분위기에는 그냥 웃는 것이 좋을 것 같아 웃음으로 대답을 했다.

캐서린은 상수를 보다가 어머니를 보았다.

"엄마, 식사는 아직 준비가 되지 않은 거예요?"

"아니다. 왔으니 바로 준비를 하면 된다. 잠시만 기다려라."

낸시 여사는 바로 주방으로 갔다.

캐서린의 집은 주방이 따로 있어서 식사는 아마도 거기서 해결을 하는 모양이었다.

제시카는 선물이 궁금한지 캐서린의 눈치만 보고 있었다.

상수는 그런 제시카를 보며 다시 입을 열었다.

"한국에서는 선물을 받으면 바로 확인을 해주는 것이 상대에 대한 예의이니 지금 확인해 줄래?"

상수의 말은 제시카에게 가장 필요한 말이었다.

"예, 그럴게요."

제시카는 바로 선물을 뜯어보았다.

선물을 살 때 캐서린이 도움을 주어 산 것이기 때문에 제시카가 원하는 그런 선물이었다.

학생인 제시카는 갖고 싶은 것도 많은 나이였지만 집안 형편 때문에 제대로 표현을 하지 못하던 차였다.

이왕이면 상대에게 가장 필요한 것을 샀으면 하는 마음에 상수는 캐서린의 도움을 받아 제시카에게 가장 필요한 물건을 산 것이다.

"어머, 이거는 내가 가장 사고 싶어했던 거잖아?"

제시카는 상수의 말에 선물을 풀어 보고는 기뻐서 고함을 지르고 있었다.

상수가 사준 것은 바로 무선으로 사용하는 헤드셋으로 그 안에 요즘 사용을 하는 MP3와 같은 기능이 내장이 되어 있는 것이었다.

요즘 학교에서 선풍적인 인기를 끌고 있는 상품이지만 제법 가격이 나가서 아이들의 용돈으로 살 수가 없는 그런 물건이었다.

제시카는 항상 가지고 싶은 물건이었지만 집안의 사정을

알기에 말을 못하고 있었는데 상수가 그 물건을 선물로 주자 기쁨에 겨워 소리를 질렀다.

"정말 가지고 싶었던 선물이에요. 너무 고마워요."

제시카는 선물 앞에 완전에 무장해제가 되었다.

상수는 그런 제시카를 보며 확실히 아직은 어리다는 것을 느낄 수가 있었다.

"식사 준비가 다 되었으니 다들 이리로 와라."

낸시의 말에 다들 식탁이 있는 곳으로 가게 되었다.

피터는 아직 선물을 확인하지도 않았지만 눈치를 보니 은근히 기대를 하는 것으로 보였다.

이제 막 졸업을 하고 직장 생활을 하는 피터였기에 아직은 사회초년생이었기에 돈이 없었다.

식탁에 가니 제법 맛이 있어 보이는 칠면조 고기가 상수를 기다리고 있었다.

"우리 집에서는 대대로 손님이 오면 칠면조구이를 준비해요. 입맛에 맞을지는 모르지만 드셔 보세요."

"감사합니다. 정말 먹고 싶었던 것인데 여기서 먹게 되네요."

상수는 캐서린이 잘라주는 칠면조를 보면서 입맛을 다셨다.

그렇게 식사를 시작했지만 다들 어색한지 그렇게 자연스

러운 식사자리는 아니었다.

하지만 유일하게 아주 맛나게 식사를 하는 사람이 있었으니 바로 상수였다.

상수는 칠면조 고기를 정말이지 아주 맛있게 먹고 있었기에 보는 사람이 다 허기를 느낄 정도였다.

상수는 캐서린이 주는 고기를 바로 입에 넣었고 먹으면서 계속해서 칭찬을 하고 있었다.

"고기가 연하고 맛이 끝내 줍니다. 정말 맛있네요."

상수가 고기를 먹으며 칭찬을 하자 낸시의 얼굴에도 환한 미소가 생기고 있었다.

사실 이번 칠면조 고기는 캐서린이 돈을 보내서 준비를 한 음식이었다.

상수는 그런 사정을 모르지만 음식은 아주 맛이 있어서 기분 좋게 식사를 하게 되었다.

식사를 마친 상수는 낸시가 주는 커피를 마시며 거실에서 이야기를 나누었다.

캐서린의 가족은 아버지가 사고로 돌아가시고 나서부터 이렇게 힘들게 살았다고 한다.

그 후로 낸시와 캐서린이 돈을 벌어 동생들의 학비를 대주고 있었는데 이제 하나가 졸업을 하는 바람에 조금은 나아지고 있다는 말이었다.

많은 이야기가 오고 갔고 어느 정도 시간이 되자 상수는 이제 돌아가야 할 시간이 되었다는 것을 알고는 자리에서 일어서게 되었다.

"오늘 아주 즐거운 시간이었습니다. 특히 음식이 아주 끝내주었습니다. 죄송하지만 다음에 기회가 되면 다시 초대를 해주시기를 바라고 있겠습니다."

상수의 인사에 낸시는 아주 포근한 미소를 지으며 대답을 했다.

"잘 드셨다고 하니 좋네요. 다음에 기회가 되면 초대를 하지요. 우리 캐서린을 잘 부탁드립니다."

캐서린의 직장 상사라고 하니 부탁의 인사를 하는 낸시였다.

"걱정 마십시오. 제가 잘 데리고 있겠습니다."

상수는 낸시의 얼굴이 그래도 어둡지는 않아 다행이라고 생각했다.

상수는 그렇게 인사를 하고는 캐서린의 집을 나서게 되었다.

물론 상수의 옆에는 캐서린이 함께였고 말이다.

캐서린의 집에 도착한 상수는 캐서린을 아주 다정한 눈빛을 보며 물었다.

"캐서린, 한국으로 내일 출발을 하는데 마음이 섭섭하지 않아요?"

"조금 그런 생각이 들기는 하지만 그래도 크게 심란하고 그렇지는 않네요. 단지 가족들이 조금 걱정이 되기는 하네요."

캐서린이 오늘 가족들을 만나고 오니 더욱 마음이 복잡한 모양이었다.

"저기… 캐서린. 내가 하는 말에 오해를 하지 말고 들어주기를 바라요. 내가… 캐서린이 한국으로 가기 전에 남아 있는 가족에게 어느 정도 돈을 주었으면 하는데… 어떻게 생각하나요?"

상수는 캐서린의 가족들을 보고 내심 이들에게 도움을 주어야겠다는 생각하였다.

이는 상수가 캐서린을 그만큼 마음속으로 생각하고 있기 때문이었다.

캐서린이 없다면 저들에게 상수가 도움을 줄 이유도 없겠지만 캐서린이 있는 이상 그녀의 가족들을 외면할 수가 없었기 때문에 한국으로 가기 전에 저들에게 어느 정도의 도움은 주고 가고 싶었다.

하지만 자칫 상대에게 상처가 될 수도 있는 말이었기에 이렇게 조심스럽게 이야기를 꺼내는 것이다.

캐서린은 상수가 가족들에게 도움을 주고 싶다는 말에

조금 기분이 상하기는 했지만 상수가 다른 뜻으로 하는 말이 아니라는 것을 알기에 나쁘게 받아들이지는 않았다.

"저희 가족에게 도움을 주고 싶다는 마음은 고마워요. 하지만 저는 그렇게 하지 않았으면 해요."

캐서린이 그렇게 말을 하는 이유는 바로 자신의 가족이 상수에게 부담이 되는 것이 싫어서였다.

상수도 캐서린이 그런 생각을 가지고 있다는 사실을 알기에 조심스럽게 이야기를 꺼내 것이고 말이다.

하지만 이미 이야기를 했으니 이제는 그냥 추진을 하면 되는 일이었다.

"캐서린, 우리는 한국으로 가는 것이지요?"

캐서린은 상수가 정색을 하며 묻자 급하게 고개를 끄덕였다.

"예, 그래요."

"그리고 캐서린은 내가 한국 지사에 스카우트를 하는 것이고요. 안 그런가요?"

캐서린은 상수의 말에 고개를 갸웃거렸지만 자신이 한국 지사로 가는 것은 맞았기에 인정을 하게 되었다.

"솔직히 제가 가겠다고 한 일이지만 아무튼 한국 지사로 가는 것은 맞아요."

"그래서 나는 캐서린을 한국 지사로 스카우트를 하는 비용을 가족에게 주고 갈 생각이에요. 많은 비용을 주지는 못하지만 캐서린의 스카우트 비용을 지불할 생각입니다."

그냥 주는 게 아니라 스카우트 비용이라고 힘주어 말하는 상수의 표정에는 굳은 의지가 들어 있었다.

캐서린은 그런 상수를 보며 미소를 지으며 허락했다.

자신도 사실 남아 있는 가족이 걱정되었던 것이다.

"네, 알겠어요. 그렇게 하세요."

"네, 그럼 그렇게 알고… 스카우트 비용으로는 백만 달러를 지불할 생각이에요. 그 정도의 돈이면 가족들이 힘들게 살지 않아도 된다고 생각하는데 캐서린은 어떻게 생각해요?"

"네?"

상수가 백만 달러라는 엄청난 거금을 가족들에게 주고 가겠다는 이야기를 하자 캐서린의 눈에서는 눈물이 고이기 시작했다.

캐서린은 자신이 한국 지사로 가는 것이 상수가 원해서 가는 것이 아니라는 것을 본인이 더 잘 알고 있었기에 상수가 지금 억지를 쓰고 있다는 사실을 알고 있었다.

하지만 자신의 자존심 때문에 가족들이 힘들게 살아가야 하는 일은 바라지 않았다.

"정말 고마워요. 저 때문에 그러는 것을 알아요. 저 정말 잘할게요. 흑흑."

캐서린은 상수가 자신 때문에 가족들에게 그런 거금을 주고 가려는 것을 알기에 그만 눈물이 나오고 말았다.

상수는 캐서린의 몸을 가만히 안아주며 눈에서 흐르는 눈물을 자신의 손으로 훔쳐 주었다.

"캐서린, 우리는 이제 연인이라고 했지요? 연인이라는 것은 이제 결혼을 전제로 사귀는 사이를 말하는 거예요. 즉 우리는 결혼을 할 사람이라는 말이지요. 캐서린은 이제 나에게는 가족이고 캐서린의 가족도 나에게는 가족이나 마찬가지에요. 그러니 그런 일로 울지 않았으면 해요."

상수는 아주 부드러운 음성으로 캐서린을 달래고 있었다.

캐서린은 상수의 품에서 들리는 말에 진심으로 감사함을 느끼고 있었다.

자신이 상수의 아내가 될 수 있다는 말이었기 때문이다.

아직 결혼을 하지는 않았지만 이런 남자라면 일생을 맞기고 싶은 생각이 더욱 강하게 들고 있었다.

"상수, 정말 고마워요. 당신에게 정말 어울리는 사람이 되기 위해 노력할 거예요."

캐서린의 이런 말은 상수의 마음을 흔들고 있었다.

이런 미녀의 고백을 들으니 상수라고 남자가 아닌 것은

아니었다.

두 사람은 그렇게 뜨거운 시선을 주고받게 되었고 그날은 누구도 말리지 못하는 뜨거운 밤을 보냈다.

제11장 한국으로 돌아가다

UNION BANK

공항에는 상수와 캐서린이 다정하게 팔짱을 끼고 걸어가고 있었다.

캐서린은 이제 상수와 떨어져서는 살 수가 없는 그런 여자가 되었다.

둘의 얼굴에는 행복감이 가득 담은 눈빛을 하며 미소를 지으며 공항으로 들어가고 있었다.

이제 한국으로 가면 언제 다시 돌아오게 될지는 모르지만 영영 떠나는 것도 아니다. 미국에는 캐서린의 가족들이 있기 때문에 오지 않을 수는 없었다.

그리고 아침에 상수는 어제 캐서린과 한 이야기대로 엄마인 낸시의 통장으로 백만 달러를 입금해주고 바로 전화를 해 주었다.

드드드.

—여보세요?

"안녕하세요. 어제 인사를 드린 정상수입니다."

—아, 어제는 잘 들어 가셨나요?

"예, 덕분에 잘 들어왔습니다. 제가 연락을 드린 이유는 다름이 아니라 어제는 다른 가족이 있어 말씀을 드리지 못했는데 사실 제가 한국에서 새로운 사업을 하게 되었습니다. 그래서 캐서린을 한국으로 스카우트하게 되었고요. 캐서린의 스카우트에 대한 비용을 가족들에게 보내 달라는 요청에 지금 통장으로 입금을 하였습니다. 그래서 통장의 금액을 확인하시라고 연락을 한 겁니다."

—스카우트 비용이라고요?

상수는 낸시와 그렇게 이야기를 하였다.

처음에는 낸시가 믿지 않았지만 나중에 캐서린과 통화를 하고 나서는 믿게 되었다.

낸시는 통장에 백만 달러라는 거금이 들어와 있는 것을 알고는 캐서린에게 받을 수가 없다고 하였지만 캐서린의 대답에 결국 받게 되었다.

"엄마, 언제까지 그렇게 거지 같이 살 거예요? 이제 제시카도 다 컸고 조금 있으면 대학도 가야 하는데 피터처럼 대학을 포기하라고 할 생각이세요?"

캐서린은 남동생이 대학을 가고 싶어 했지만 형편이 좋지 못해 결국 포기를 하였던 것이 지금까지도 마음을 아프게 하여서 하는 소리였다.

이는 캐서린만 그런 것이 아니라 엄마인 낸시에게는 더욱 그랬다.

낸시는 자신의 수입이 좋지 않아 아들을 대학에 보내지 못한 것이 항상 마음에 걸렸는데 만약에 백만 달러가 있으면 아들도 다시 대학을 보낼 수가 있었고 딸도 마찬가지였다.

결국 낸시는 캐서린의 그 말에 울음을 터뜨렸고 캐서린도 함께 울고 말았다.

캐서린은 상수와의 관계를 낸시에게 숨기지 않고 모두 하였고 낸시는 그런 캐서린에게 축하를 해 주었다.

가족이라는 것이 이렇게 서로간의 감정을 숨기고 있으면 남이나 마찬가지였지만 감정을 공유하게 되니 서로의 안부를 챙기게 되었다.

낸시는 캐서린과 다시 예전과 같은 사이가 되었다는 것이 아주 기분이 좋아졌고 이제는 가족들도 전과 같이 웃으면서 살 수가 있게 되었다는 것이 낸시의 얼굴이 미소를 만들고 있었다.

캐서린은 그렇게 아침부터 엄마와 화해를 하게 되었고 이 모든 것이 상수를 만나 그렇게 된 것이기 때문에 상수를 보는 시선이 사랑이 가득 담겨 있었다.

비행기를 타고 한국으로 돌아가는 상수는 마음이 복잡했는데 이는 어머니에게 캐서린을 어떻게 소개를 해야 할지 하는 것 때문이었다.

'어머니는 과연 캐서린을 받아 줄까? 만약 받아들이지 않는다고 하면 나는 어떻게 해야 하지?'

상수가 그런 복잡한 생각을 하고 있을 때 캐서린은 그런 사실을 모르고 지금 잠에 빠져 있었다.

비행을 하는 동안 상수는 한숨도 자지 못하고 고민만 하다가 한국에 도착을 하게 되었다.

인천 공항에는 상수의 친구인 지성이 차를 가지고 마중을 나와 있었다.

"어서 와라. 수고했다. 미국의 일까지 마무리를 하고 온 거냐?"

"그래, 여기 미국에서 사귄 애인이다. 이름은 캐서린이라고 하고 내가 한국으로 간다고 하자 바로 나를 따라 한국으로 가겠다고 하여 동행을 하게 되었다."

상수는 캐서린에 대해 간단하게 소개를 하였다.

지성은 그런 상수의 말에 캐서린에게 반가운 미소를 지으며 인사를 하였다.

"안녕하세요. 상수의 오랜 친구인 지성이라고 합니다. 지금은 코리아시티의 이사로 재직을 하고 있습니다."

"아, 안녕하세요. 캐서린이에요. 만나서 반가워요."

캐서린은 지성이 영어가 되자 반가운 얼굴을 하며 인사를 하였다.

캐서린도 한국으로 간다고 나름 한국어를 공부하고는 있지만 한국어라는 것이 하루아침에 배워지는 그런 언어가 아니었다.

상수라면 다른 이들과는 다르게 때문에 혹시 몰라도 말이다.

상수는 캐서린과 함께 지성의 차를 타고 바로 회사로 가게 되었다.

이는 캐서린이 우선은 회사를 구경시켜 달라고 하여 가게 된 것이다.

코리아시티라는 상호를 걸고 시작하는 사무실은 처음에는 크다고 하였지만 지금은 그렇게 커 보이지도 않았다.

상수는 사무실에 도착을 하니 많은 사람들이 바쁘게 업무를 보고 있는 것을 보고는 한편으로 흐뭇한 기분이 들었다.

그때 가장 먼저 인사를 하는 인물이 있었는데 바로 리처드였다.

"하하하, 사장님. 이거 오랜만에 뵙습니다."

리처드는 회사이기 때문에 최대한 정중하게 인사를 하고 있었다.

상수는 리처드를 보게 되자 바로 얼굴이 환해졌다.

"우리 부사장님이 이렇게 환영을 해주시니 이거 정말 기분이 좋습니다. 일은 힘드시지 않습니까?"

"하하하, 여기서 일을 하니 이제야 무언가 하고 있다는 느낌이 들어서 아주 좋습니다. 일이 바빠야 사람이 사는 냄새가 나지 않습니까."

리처드는 오랜만에 정말 바쁘게 업무를 보고 있었다.

누구의 눈치도 보지 않고 자신의 능력을 최대한 발휘하여 일을 하니 정말 이제야 마음에 드는 직장에서 근무를 한다는 생각에 매우 기분이 좋았다.

하고 싶은 일에 제동을 거는 인물도 없었기 때문이었다.

사람은 누구나 새로운 아이디어를 생각하는데 문제는 리처드가 생각한 아이디어는 항상 제동이 걸려 아이디어가 사장이 되었기 때문에 카베인에 있을 때는 정말 일을 하고 싶은 마음이 없을 정도였다.

그런데 여기는 어떤 아이디어라도 일을 하는데 수월하다는 판단이 들면 바로 사용을 하게 되었기 때문에 리처드의 입장에서는 아주 기분이 좋은 일이었다.

상수는 리처드의 얼굴이 밝아 보이니 마음이 아주 흐뭇해졌다.

자신이 지사장으로 있을 때 만났을 때는 어딘가 어두운 구석이 있었는데 지금은 그런 어둠이 모두 사라지고 밝은 기운만 남아 있었기 때문이다.

“아, 여기는 카베인 본사 특수부에서 근무를 하던 캐서린이라고 합니다. 저를 따라 한국으로 오게 되었습니다.”

상수는 캐서린을 리처드에게 소개를 해주었다.

캐서린은 리처드가 누구인지를 이미 알고 있었다.

카베인의 인물들 중에 가장 많은 화제의 인물이 바로 리처드였기 때문이다.

본사에서는 리처드가 능력도 있고 실력도 뛰어나기 때문에 좌천을 당했다는 이야기가 돌고 있을 정도로 리처드는 뛰어난 인물이었다.

“안녕하세요. 캐서린이에요. 앞으로 잘 부탁드립니다. 리처드 부사장님.”

캐서린은 상수가 리처드를 부사장이라는 호칭으로 부르는 것을 들었기에 그렇게 인사를 하였다.

"하하하, 사장님은 미국으로 가서 이런 미녀와 사귀고 있었군요. 정말 아름다운 분이시네요. 반갑습니다. 리처드라고 합니다. 부탁은 제가 해야 되겠습니다."

리처드는 이미 캐서린을 보는 순간에 상수와의 관계를 짐작하고 있었다.

이는 캐서린의 눈빛이 상수를 보는 순간에 이미 사랑이 가득 담겨 있는 것을 보았기 때문이다.

단지 업무 때문에 한국으로 왔다면 저런 눈빛을 하지는 않았기에 리처드는 상수를 발견하였을 때 캐서린을 먼저 확인을 하였기 때문이다.

캐서린은 리처드의 대답에 얼굴이 붉어지고 말았다.

"험, 험, 거 부사장님은 이상한 말씀을 하시고 그러세요. 쑥스럽게 말입니다."

상수는 리처드의 말에 부정을 하지 않았다.

그런 상수의 태도에 캐서린은 마음속으로 장말 고마움을 느끼게 되었다.

많은 사람들이 있는 자리에서 공식적으로 자신을 인정했다는 생각이 캐서린의 마음을 뿌듯하게 해주고 있었다.

상수는 회사에서 간부들과 인사를 나누었고 간부들도 처음으로 사장의 얼굴을 보는 순간이었다.

물론 덤으로 사모님도 보는 날이었고 말이다.

상수가 회사에 나타나면서 캐서린은 그날부터 바로 사모님이 되어 버렸다.

이미 상수가 인정을 했기 때문에 회사의 모든 이들은 아름다운 미국 미녀가 바로 사장의 아내가 될 사람이라는 것을 알게 되었다.

간단한 인사를 마친 상수는 따로 자신의 사무실에 있는 회의실로 리처드와 지성을 데리고 갔다.

자리에 앉은 상수는 리처드를 보며 물었다.

"한국 기업의 반응을 어떻습니까?"

"하하하, 여기는 지금 난리도 아닙니다. 서로 공사를 하고 싶어 각 기업의 대표들이 매일 사무실로 출근을 하고 있으니 말입니다."

리처드는 요즘 아주 살맛이 나고 있었다.

한국의 대기업에 근무를 하는 높으신 양반들이 하루가 다르게 들락거리고 있어서였다.

리처드는 상수가 한국에 온다는 보고를 받았기에 어느 정도는 조율을 하고 나서 상수에게 보고를 할 생각이었다.

"흠, 하기는 요즘 한국의 건설업 사정이 힘드니 그럴 수밖에 없을 겁니다. 우리가 공사를 주지 않으면 방법이 없으니 말입니다."

"저기 사장님, 대기업이야 사정 때문에 그런 것은 이해가 가지만 요즘에는 정부 쪽 인물에게도 연락이 오고 있습니다. 사장님이 외부 출장을 갔다고 해서 그냥 넘어가고 있지만 이제는 피할 수가 없을 것 같습니다."

정부의 인물이니 상수가 귀국하였다는 사실을 이미 알고 있을 것이기 때문에 하는 소리였다.

"정부에서 나를 보자고 하는 이유가 무엇일까요?"

"아마도 러시아의 공사 때문에 보자고 하는 것 같습니다."

"우리가 하는 일은 한국 정부와는 아무런 연관이 없는 것이지 않나요?"

"예, 그렇습니다. 하지만 사장님이 한국인이니 무언가 저들이 노리고 있는 것이 있겠지요."

상수는 정부의 인물이 자신을 보자고 하는 것에 크게 신경을 쓰지 않았다.

만약 자신에게 부당한 것을 요구하면 상수는 들어줄 생각이 없었다.

자신이 정부의 요구를 거절했다고 해서 회사에 제재를 한다면 바로 한국을 떠날 생각을 가지고 있었기 때문이다.

러시아에 본사가 있는 회사이기 때문에 한국 정부도 자신의 회사에 다른 짓을 할 수는 없을 것이지만 혹시 모르는 일이기 때문에 상수는 내심 그런 확고한 생각을 하고 있었다.

한국 정부에는 일절 도움을 주지 않을 생각이었다.

하지만 한국 기업은 정부와는 달랐기 때문에 저들이 하는 것을 보고 공사를 줄 생각이었다.

이는 정부가 나선다고 해서 해결이 될 수 있는 일이 아니었다.

코리아시티라는 회사의 이름으로 계약을 해야 했고 본사는 러시아에 있는 회사였기 때문이다.

지사에는 그 일을 대행하기 위해 있는 것이기 때문에 한국 정부에서 그런 지사를 건들일 수는 없었다.

"정부의 일은 제가 알아서 처리를 하겠습니다. 저도 러시아에 정치적으로 도움을 받을 사람들이 많이 있으니 걱정하지 마세요. 우선은 정부의 인물이 중요한 것이 아니고 한국의 대기업에 대한 문제를 먼저 생각해 주세요."

"알겠습니다. 사장님."

"그래도 혹시 모르는 것이니, 김 이사는 우리가 한국 정부에 꼬투리가 잡히지 않게 세무에 대해서는 신경을 더욱 써서 문제가 되지 않도록 해주고."

"예, 세무와 법무는 이미 준비를 해 두었습니다. 회사의 문제 때문에 저들에게 흠이 잡힐 일은 없을 겁니다."

법무는 미국에 있는 로펌이 해주기로 계약을 하였고 세무회계는 한국에서 가장 잘 나가는 업체를 골라 맡겨 두었다.

그래서 두 가지의 일에는 아무런 문제가 없었기에 하는 소리였다.

“자, 그럼 이제부터 우리가 입찰한 공사에 대한 이야기를 해 보지요.”

상수가 러시아에서 입찰에 성공한 것이 두 가지였기에 우선은 유전에 대한 공사를 하려면 건설사도 있어야겠지만 정유회사도 필요했다.

그리고 가스도 마찬가지였고 말이다.

가스 때문에 한국 정부와 만나기는 해야겠지만 사실 기업과 이야기를 한다고 해서 한국 정부가 개입을 할 수 있는 문제는 없었다.

저들은 무언가 이슈화를 만들기 위해 저러는 것이지 실질적으로 국민들에게 도움이 되기 위해 저러는 것은 아니라고 생각을 하는 상수였다.

“우선 유전에 대한 문제부터 이야기를 하지요. 러시아의 유전은 이미 위치를 찾은 상태이기 때문에 공사를 하면 바로 석유를 확보할 수 있습니다. 그러니 크게 공사비도 들지 않아 좋지요. 그래서 저는 국내의 기업들 중에 정유회사를 골라 우리가 확보한 유전을 팔려고 합니다. 어차피 저들에게는 석유가 있어야 하니 말입니다."

"사장님, 유전을 국내에 팔려고 하시는 겁니까?"

"그렇습니다. 러시아에 발견한 유전에 대한 지분은 정부가 40프로 저와 마피아가 60프로입니다. 마피아와 저는 반반씩 지분을 가지고 있는 것이니 저에게는 30프로의 지분이 있다는 이야기입니다."

러시아에서 법인이라고는 하지만 실질적으로 상수가 하는 기업은 개인기업이나 마찬가지였는데 그런 상수가 개인적으로 30프로의 지분을 가지고 있다는 말이었다.

리처드와 지성은 상수의 이야기를 들으면서 진심으로 놀라지 않을 수가 없었다.

30프로라고 하지만 그 지분이면 그 자체만으로도 엄청난 재벌이 될 수 있었기 때문이다.

'도대체 사장님은 무슨 수를 써서 저렇게 엄청난 지분을 가지게 된 거지?'

리처드는 자신의 생각으로는 도저히 이해가 가지 않았기에 그런 생각을 하게 되었다.

캐서린은 상수가 하는 이야기를 듣고만 있었지만 지금 상수가 개인의 지분이 30프로라는 소리를 듣고는 경악이 어린 얼굴을 하며 상수를 보게 되었다.

사우디의 왕국들이 유전 때문에 재벌들이 많았는데 지금 상수가 그런 재벌이 되어 있었기 때문이다.

'어머, 세계에 또 다른 재벌이 등장하는 거야?'

이들은 러시아에서 발견한 유전이 대량 얼마나 되는지를 이미 알고 있었기 때문에 지금 상수가 하는 이야기대로 30프로의 지분이면 엄청난 돈이었기 때문에 깜짝 놀라고 있었다.

"아니 사장님, 그러면 30프로의 지분은 사장님이 마음대로 할 수가 있다는 이야기입니까?"

"지분은 30프로이지만 개발 건에 한해서는 실질적으로 60프로를 움직일 수가 있습니다. 마피아로부터 전권을 받았으니 말입니다."

마피아는 지분을 가지고 있지만 상수에게 모든 전권을 주었기에 실질적으로 60프로에 대한 것은 상수가 가지고 있다고 보아야했다.

리처드는 상수의 말에 더 이상 할 말이 없는 표정을 짓고 말았다.

처음에 상수가 자신을 보고 제대로 일을 해보고 싶으면 오라는 말을 하였을 때 크게 생각을 하지는 않았는데 이거는 처음부터 대박도 너무 큰 대박을 치고 있었기 때문이다.

처음이 이 정도인데 추후로는 얼마나 놀라운 일이 기다리고 있을지를 생각하니 리처드는 가슴이 심하게 뛰기 시작했다.

이는 지성과 캐서린도 마찬가지의 심정이었다.

상수는 그런 이들을 보며 다시 이야기를 하였다.

"오늘은 러시아의 일에 대한 전반적인 것만 이야기를 하지요. 저도 피곤하니 집에 가서 쉬고 싶으니 말입니다. 우선 유전에 대한 이야기는 아까 이야기를 드렸으니 아실 것이고 가스에 대한 지분은 러시아 정부가 60프로고 제가 40프로를 가지게 되었습니다. 하지만 이 40프로에는 마피아의 지분이 없이 오로지 제가 전부 가지는 지분이기 때문에 사실상 엄청난 것이기도 합니다. 우리는 이런 상황을 두고 공사를 시작해야 하니 리처드 부사장님과 김 이사가 잘 생각하시고 계획을 짜주세요."

상수는 그렇게 이야기를 하고는 캐서린을 데리고 회사를 나가게 되었다.

제12장 며느릿감이야?

UNION BANK

"……."

"……."

상수가 떠난 사무실에는 리처드와 지성이 남아 있었는데 두 사람은 지금 거의 맨붕 상태였다.

가스 공사가 오천억 불이라는 것을 이들도 알고 있었다.

그런 엄청난 거금이 들어가는 공사에 지분이 40프로면 도대체 얼마나 되는지 아직도 이들의 머릿속으로 계산이 되지 않을 정도였다.

유전에 대한 지분도 놀라운데 가스에 비하면 유전은 아

무것도 아니었기 때문이다.

상수는 두 사람을 그렇게 멍하게 만들고는 유유히 집으로 가고 있었다.

회사에 자신의 차량이 있어서 그 차를 타고 말이다.

캐서린은 상수가 한 이야기를 모두 들었기 때문에 자신이 지금 엄청난 행운의 남자를 만나고 있다는 사실을 처음으로 알게 되었다.

'도대체 상수는 어떻게 그런 엄청난 재산을 벌수가 있는 거지? 아무리 러시아의 마피아와 친하다고 해도 그런 것을 그냥 주지는 않았을 텐데… 내가 모르는 무언가가 있는 건가?'

캐서린은 지금 마음이 매우 복잡했다.

그냥 능력 있는 남자라고만 생각했는데 지금 막상 알게 되니 이거는 엄청난 부자가 아닌가 말이다.

자신이 돈 때문에 상수를 선택한 것은 아니지만 지금은 그렇게 되어 보이는 기분이 들어 캐서린이 조금 마음이 요상하게 느껴지고 있었다.

상수는 운전을 하다가 캐서린이 아무런 말도 하지 않고 있자 슬쩍 캐서린을 보았는데 무엇인지를 모르지만 심각하게 고민을 하고 있는 것 같아 보였다.

"캐서린, 무슨 고민이 있어요?"

상수의 질문에 캐서린은 고민에서 깨어나게 되었다.

캐서린은 마치 자신이 고민을 상수에게 들킨 것처럼 조금은 당황한 얼굴을 하였다.

상수는 그런 캐서린의 얼굴을 보고는 이상한 생각이 들었다.

'왜 저런 표정을 짓지? 나 때문에 고민이 생긴 건가?'

상수는 캐서린의 표정을 보고 무언가 이상함을 느끼게 되었다.

"캐서린 우리는 이제 연인이라고 했지요? 고민이 있으면 서로가 말을 해서 풀어야 하지 않나요?"

상수는 캐서린이 말을 해주기를 원했다.

캐서린은 한국에 도착한 첫날에 이런 기분이 생길지는 정말 생각지도 못했는데 상수에게 그런 말을 들으니 속일 수가 없었다.

자신의 마음속에는 상수에 대한 사랑이 가득했기 때문이다.

"상수 씨, 그렇게 말하니 편하게 이야기할게요. 사실 오늘 회사에서 상수 씨가 하는 이야기를 들으면서 내가 마치 속물이 된 것 같은 기분이 들어서 고민이 되었어요. 저는 상수 씨가 그렇게 많은 돈을 가지고 있는지는 몰랐는데 상수 씨가 그렇게 엄청난 재벌이라는 소리를 들으니 제가 마치 재벌이라는 것을 알고 접근을 한 것처럼 느껴졌어요."

캐서린이 하는 소리를 들으며 상수는 속으로 아차, 하는 심정이었다.

캐서린이 지금 한국에서 믿을 사람은 자신밖에 없었는데 그런 캐서린이 소외감을 느끼게 하였다는 생각이 들어서였다.

"캐서린, 나는 캐서린을 속인 적이 없어요. 그것은 알고 있지요?"

"예, 알고 있어요. 언제나 당당한 모습을 보여주셨지요."

"그래요. 나는 캐서린을 처음 만났을 때는 지금처럼 많은 돈이 없었어요. 하지만 회사에서 계약에 성공을 하면 그에 대한 인센티브를 지불해 주었고 그 금액은 캐서린이 생각하는 이상의 금액이었어요. 나는 그 돈을 가지고 사용하지 않고 있다가 사업을 하게 되었지요. 카자흐스탄에서 계약을 한 것은 캐서린도 알고 있지요?"

캐서린은 상수의 설명에 깊이 빠져 들었다.

"예, 거기에서 계약에 성공하여 한 달간의 휴가를 얻으셨잖아요."

"그래요, 나는 거기서 마피아의 간부가 위험에 빠져 있는 것을 구해 주게 되었고 그 덕분에 그와는 의형제를 맺게 되었어요. 그로 인해 마피아에게는 많은 양보를 받게 되었지요. 지금 러시아의 공사도 마피아가 나를 위해 양보를 해 주어 이루게 된 결과에요. 물론 많은 돈을 가지게 되었지만 나는 재벌이 되어도 캐서린을 생각하는 마음에는 변함이 없다는 것만 기억해 줘요. 무슨 소리인지 알겠죠?"

상수의 긴 설명을 듣고 있는 캐서린의 눈에는 감동이 밀려들었는지 진한 눈물방울이 흘러내렸다.

"고마워요. 상수 씨, 흑흑."

캐서린의 울음에 상수는 결국 차를 세우고 캐서린을 달래주었다.

"캐서린, 남들이 무슨 말을 해도 신경을 쓰지 말아요. 나에게는 그런 남보다는 캐서린이 더 중요하니 말이에요."

상수의 말에 캐서린도 고개를 끄덕였다.

캐서린은 진심으로 상수가 자신을 사랑하고 있다는 사실을 알게 되었고 그 마음이 전해지자 마음이 포근해졌다.

"흑흑흑."

캐서린은 마음이 포근해졌지만 아직은 서러움이 남아 있는지 계속해서 울었다.

"캐서린 그렇게 울면 어떻게 인사를 드리겠어요. 나는 캐서린이 아름다운 얼굴을 하고 인사를 했으면 하는데 말이에요."

상수는 오늘 캐서린과 어머니에게 가서 정식으로 인사를

드리려고 하고 있었다.

그리고 내일은 캐서린이 묵을 숙소를 마련하려고 하였다.

아무리 결혼을 전제로 사귀고 있다고는 하지만 아직 결혼을 하지도 않은 상태에서 동거를 시작할 수는 없었기 때문이다.

그래서 상수는 캐서린이 살 집을 내일 보러 다닐 생각이었다.

회사에는 모레부터 출근을 한다고 이야기를 했기 때문에 내일까지는 시간이 있었다.

"이제 울지 않을게요."

캐서린은 울음을 그치고는 자신의 가방에서 거울을 꺼내 화장을 고치기 시작했다.

상수의 말대로 인사를 하러 가는데 울고 갈 수는 없었기 때문이다.

상수는 그런 캐서린을 보며 입가에 미소를 지으면 다시 운전을 하였다.

상수의 어머니는 지금은 이모네가 아니라 집에 계셨다.

이미 상수가 오늘 도착을 한다는 이야기를 하였기 때문에 이모네는 아무래도 불편하니 집으로 오라고 하였다.

자기 집을 두고 남의 집에 있는 것도 서로 불편한 것은 사실이었다.

상수는 집에 도착을 하자 바로 안으로 들어갔다.

안에는 어머니가 상수가 오기를 기다리면 음식을 준비하고 있었다.

"어머니, 저 왔어요."

상수의 음성에 어머니는 바로 하던 짓을 멈추고 몸을 돌렸다.

"상수야, 지금 온 거니?"

"예, 지금 도착을 했어요. 그리고 오늘은 소개를 할 사람이 있으니 조금 나와 보세요."

상수의 말에 어머니는 얼른 손을 씻고는 주방에서 나왔다.

어머니는 나와서 보니 상수가 한 외국여인과 함께 있는 것을 보게 되었다.

"누구니?"

상수의 어머니는 내심 상수의 애인은 아니겠지, 라는 생각을 하며 물었다.

"어머니, 저와 사귀는 여자에요. 미국에서 저를 따라 한국까지 왔으니 잘해 주세요."

상수는 어머니의 표정을 보며 조심스럽게 이야기를 했다.

캐서린은 아직 한국말을 알지 못하기 때문에 상수와 어머니가 무슨 이야기를 하는지는 알아듣지 못했지만 대강 눈치로 상황을 때려잡고 있었다.

그래서 바로 인사를 먼저 하게 되었다.

"안녕하세요, 어머니. 저는 캐서린이라고 해요."

캐서린이 인사를 하자 상수는 어머니에게 캐서린을 정식으로 소개를 해 주었다.

"엄마, 캐서린은 미국의 회사에 있을 때 함께 근무를 하였던 여자에요. 거기에 있으면서 저에게는 정말 따뜻하게 해 주어서 지금은 서로에게 호감을 가지고 사귀고 있는 사이에요. 외국인이라고 불편하시기는 하겠지만 좋은 여자이니 엄마가 이해를 해주셨으면 해요."

상수는 캐서린에 대한 설명을 아주 좋게 포장을 했다.

어머니는 미국에 아들이 가 있으면서 잘해주었다는 이야기를 들으니 조금은 얼굴이 좋게 변하기는 했지만 아직은 외국인에 대한 이미지가 좋은 것은 아니었다.

그리고 국제결혼을 하는 사람은 보았지만 자신의 아들이 그런 결혼을 하게 될 것이라는 생각은 지금까지 한 번도 하지 않았기에 조금은 당황이 되기는 했다.

"어서 와요. 우선 들어오세요."

어머니의 말에 상수는 캐서린을 데리고 안으로 들어가게

되었다.

그 후로 상수는 식사를 하며 캐서린과 어머니가 서먹하지 않게 하려고 노력을 하였지만 우선 대화가 되지 않으니 그게 가장 문제였다.

상수는 캐서린을 빈방으로 안내를 해 주었다.

“캐서린, 어머니가 아직 외국어를 몰라 대화가 되지 않아 불편한 것이니 다르게 생각지는 말아요.”

캐서린도 어머니의 표정에서 자신을 싫어하는 것 같지는 않았기에 상수의 말에 고개를 끄덕였다.

“오해는 하지 않아요. 그리고 어머니를 보니 참 좋으신 분 같아요. 저런 분의 밑에서 자랐기 때문에 상수 씨가 지금의 위치에 오를 수가 있었던 것 같다는 생각이 들어요.”

“하하하, 어머니에 대한 칭찬을 들으니 내가 기분이 좋아지네요. 아무튼 오늘은 여기사 자고 내일은 캐서린의 집을 알아보러 가요.”

“예, 알았어요. 그런데 나 혼자 자면 무서운데 이따가 오면 안 되요?”

캐서린은 타국의 첫날밤을 혼자 보내야 한다는 생각이 들어 무섭다고 하였다.

상수는 캐서린이 자신과 함께 있고 싶어 하는 것을 알지만 어머니가 계시는 집에서 캐서린과 함께 잠을 잘 수는 없었다.

"캐서린, 미안하지만 한국에서는 결혼하기 전에 동침을 절대 허락을 하지 않아요. 불편하겠지만 오늘은 혼자 자고 있어요. 내가 눈치를 보고 올 수 있으면 올게요."

상수의 조용한 속삭임에 캐서린은 온몸을 부르르 떨었다.

이미 상수와는 육체적인 관계를 가졌기 때문에 캐서린의 몸이 반응을 하고 있었다.

상수는 그런 캐서린의 몸을 살며시 안아 주었고 캐서린은 그런 상수에게 키스를 하였다.

둘은 그렇게 진한 키스를 나누었고 상수는 시간이 지나자 캐서린을 두고 방을 나오게 되었다.

거실에는 어머니가 상수를 기다리고 있었다.

"잠시 나하고 이야기 좀 하자."

어머니의 말에 상수는 어머니와 같이 앉았다.

"캐서린 때문에 궁금하세요?"

상수도 눈치는 있는 남자였기에 그렇게 물었다.

"그래 캐서린인가 하는 여자에 대한 것도 그렇고 한국으로 왔다는 것도 그렇게 도대체 내가 아는 것이 없는 것 같아 오늘은 너에 대한 이야기를 하자고 부른 것이다."

어머니는 아직 상수가 한국에서 사업을 한다는 사실을

모르고 있었기에 갑자기 상수가 떠났을 때도 이상하게 생각을 하고 있었다.

상수는 그런 어머니를 보며 천천히 입을 열기 시작했다.

그러면서 자신이 처해 있는 상황을 먼저 설명을 해 주었고 그 다음에 그런 상황에서 회사에 더 이상 근무를 할 수가 없게 되어 결국 회사를 직접 차리게 되었다는 말과 함께 러시아의 입찰에 참가하여 이번에 공사를 따냈다는 말도 했다.

상수는 모든 이야기를 자세하게 설명을 해주었고 이제는 한국에 정착을 할 생각이라는 말도 하였다.

물론 한국 정부가 이상하게 나오면 언제든지 한국을 떠날 수도 있었지만 그 말은 하지 않았다.

상수의 설명을 듣고 있던 어머니는 상수가 자신의 생각하는 것 이상의 인물이 되어 있다는 것을 알게 되었다.

"그래서 이제는 회사를 직접 운영하게 되었다는 말이냐?"

"예, 제가 사장이지요."

"그러면 미국의 하버드는 어떻게 되는 거냐?"

"미국에 가서 하버드의 총장과 상의를 했지만 아직은 결과가 나오지 않았어요. 하지만 조만간에 그 결과가 나올 것으로 생각하니 조금 기다리면 어떤 결과인지 알 수가 있어요. 그리고 어머니 학별이 그렇게 중요한 것은 아니니 너무 거기에 민감하게 생각하지 마세요."

상수는 솔직히 하버드가 아니라 어디라고 당장에 갈 수가 있는 실력이 있었다.

그래서 그런 것인지는 몰라도 말을 하는 것에도 이제는 자신감이 넘쳐 보였다.

어머니는 그런 상수를 보니 자신의 생각도 옳지만 자식의 생각을 막고 싶지는 않았기에 고개를 끄덕여 주었다.

사실 상수가 대학을 가주었으면 하는 이유가 바로 상수가 나중에 혼자 독립을 하였을 때가 걱정이 되어 가라고 한 것이지 대학에 무슨 원한을 져서 가라고 한 것은 아니었다.

한국이라는 나라는 그래도 대학을 나와야 인간으로 대접을 해주는 곳이기 때문에 상수가 나중에라도 무언가 일을 시작할 때는 도움이 된다는 생각이 들어가라고 한 것이다.

"그래, 알겠다. 대학 문제는 이제 스스로 알아서 해결을 할 것이라고 믿고 사업은 어떻게 되어 가냐?"

"엄마 지성이 알지요? 지성이가 우리 회사에 근무를 해요. 그리고 전에 내가 근무를 하였던 카베인의 한국 지사의 지사장님도 우리 회사에 부사장으로 와서 근무를 하고 있어요. 그러니 회사는 걱정하지 마세요."

상수는 자신의 회사에 누가 와서 일을 하는지를 말해 주면서 어머니의 마음을 달래 주었다.

상수의 말대로 어머니는 상수의 친구인 지성과 리처드가 근무를 한다고 하니 안심이 되는지 얼굴이 차분하게 변하고 있었다.

처음에는 눈빛이 초조하게 보였는데 지금은 그런 긴장이 사라지고 없었기 때문이다.

상수는 그런 어머니를 보며 자신에게는 유일하게 남은 가족이기 때문에 정말 잘 해드려야겠다는 생각을 하고 있었다.

'어머니도 이제는 늙어 가시는데 마음이라도 편하게 해드려야겠다. 앞으로는 더욱 그런 것에 신경을 써야겠다.'

상수는 내심 그렇게 생각을 했다.

오늘 따라 어머니의 얼굴에 주름이 보이는 것이 그동안 자신이 자식이면서 어머니에 대한 생각은 하지 않았다는 것을 깨달았기 때문이다.

"상수야, 사업을 하면 힘든 일들이 많아지게 되지만 그것을 슬기롭게 극복하는 사람은 크게 성공한다고 하였으니 이제부터는 너도 슬기로운 사람이 되도록 노력을 해야 한다."

"예, 알았어요. 그렇게 할게요."

"그리고 아까 그 아가씨와는 어떻게 할 생각이냐?"

"저는 결혼까지 생각을 하고 있어요. 미국이라는 나라에 있으면서 정말 저를 챙겨주는 마음에 제가 감동을 하게 되었어요. 그리고 저런 여자를 어디 가서 만날 수 있을지도 모르고요. 그러니 어머니가 이해를 해주세요. 정말 저를 사랑하는 마음은 진심이니 말이에요. 저도 마찬가지고요."

상수의 말에 어머니는 아들이 진심으로 그 아가씨를 좋아하고 사랑하는 것을 느낄 수가 있었다.

아들이 사랑하는 여자라면 자신이 막는다고 해서 막아지는 것이 아니라는 것은 알고 있었다.

상수의 고집이 얼마나 강한지를 알기 때문이다.

"그래, 그러면 사귀는 거야 그렇다고 하지만 미국에서 왔으면 앞으로 어디서 거주를 할 생각이냐?"

"캐서린은 회사에서 따로 거주할 숙소를 마련해 줄 거예요. 캐서린이 저를 사랑하는 것을 빼고도 제법 능력이 있는 여자에요, 회사에서도 인정을 받고 있을 정도이니 말이에요."

상수는 캐서린에 대한 호감을 느끼도록 최대한 좋게 어머니에게 설명을 하고 있었다.

"정말 결혼을 할 생각이면 언제 할 생각이냐?"

"아직 날을 정한 것은 아니고요. 우선은 사귀면서 천천히 생각해 보려고요."

"이제 나이도 있는데 그러지 마라. 괜히 마음에 없는 여자와 살면 너만 고생이다."

어머니는 외국여자라고 해서 반대를 할 생각은 없는 모양이었다.

하기는 캐서린이 어머니에게 인사를 할 때 참 상냥하게 한 것도 조금은 점수를 딴 것 같기도 했다.

"예, 저도 결혼은 신중하게 생각을 하고 있으니 걱정은 마세요. 그런데 우리 집은 마음에 드세요? 저는 이사를 갔으면 하는데요."

상수는 지금 살고 있는 집은 허름해서 이번에 새로 이사를 갈 생각을 하고 있었다.

자신이 회사를 운영하고 있으니 나중에 집으로 찾아오는 이들도 있을 것 같아서였다.

이는 지성이 전에 먼저 이야기를 한 것이기도 하고 말이다.

어머니는 상수가 집에 대한 이야기를 하자 고개를 흔들었다.

"아직 살만한 집이니 다른 생각은 하지 말고 너는 회사나 잘 운영해라."

"알았어요. 그렇게 할게요."

상수는 아직 어머니가 자신의 위치를 모르기 때문에 저

러는 것이라고 생각이 들었다.

하지만 어머니의 생각을 반대할 생각은 없었기에 우선은 집을 먼저 알아보고 마음에 드는 집이 있으면 구입을 할 생각이었다.

물론 그 집에는 어머니와 아내가 함께 살아야 하는 집이었다.

상수는 그렇게 생각을 하며 전원주택에 대한 것도 생각해 보았지만 포기를 하게 되었다.

자신이나 어머니는 편할지 몰라도 캐서린은 그런 환경에서 사는 것이 불편할 수도 있었기 때문이다.

"어머니, 저 회사 일 때문에 집에 자주 오지 못할 수도 있으니 그렇게 아세요."

회사의 일 때문이 아니라 캐서린 때문에 집에 자주 들어오지 못하는 것이지만 어머니에게는 그렇게 말을 하였다.

"이제 시작을 하는 회사이니 최선을 다해 열심히 해라. 나도 우리 아들이 사장이라는 소리를 들으니 기분은 좋으니 말이다."

어머니도 은근히 상수가 사장이라는 것이 마음에 들었던 모양이었다.

상수는 그렇게 집에 와서 오랜만에 어머니와 대화를 나누었다.

그날 밤에 상수는 어머니가 주무시는 것을 확인하고는 캐서린이 있는 방으로 들어가게 되었다.

물론 그냥 안고만 잤지만 말이다.

상수의 어머니는 밤 귀가 밝아서 조금만 소리가 나도 금방 눈을 뜨는 분이시기 때문에 상수는 그날은 그냥 캐서린을 안고만 자게 되었다.

제13장 한국에서의 생활

UNION BANK

이튿날 아침.

이른 시간에 일어난 상수는 캐서린을 데리고 일찍 집을 나섰다.

오늘은 캐서린이 살 집을 마련하기 위해서였다.

이미 강남에 있는 부동산에 이야기를 했기 때문에 가서 구경을 하고 마음에 드는 집으로 계약을 하면 되는 일이었다.

돈이 없어서 문제지 돈만 넉넉하다면야 집을 구하는 건 문제도 아니다.

게다가 나라가 힘들어서 그런지 집이 비어 있는 곳이 의외로 많았기 때문에 바로 입주가 가능한 곳이 상당했다.

"캐서린, 보다가 마음에 드는 집이 있으면 바로 이야기를 해요."

"집을 두고 따로 집을 산다는 것이 그러니 그냥 우리 새로 사는 것은 어때요?"

"캐서린, 여기는 한국이고 나는 캐서린을 책임지기 위해 데리고 온 것이니 다른 소리 하지 말고 내 말대로 따라 주었으면 좋겠어요."

집이라는 것이 사두면 나중에 값이 오르기 때문에 한국에서는 부동산이 돈이 된다는 이야기가 오가는 것이다.

그래서 상수는 집을 사서 나중에 팔아도 걱정이 없었기에 처음부터 사려고 하였다.

"알았어요."

캐서린은 상수가 부자라는 사실을 알기에 더 이상은 말을 하지 않았다.

상수가 불편하게 생각한다면 자신도 불편하기 때문이었다.

그리고 솔직히 집을 사면 좋기는 했는데 이는 집 주인의 눈치를 보지 않아도 되기 때문이었다.

상수와 캐서린은 집을 보기 위해 움직였고 약속한 장소

로 가게 되었다.

“안녕하십니까? 이기동 실장입니다.”

“예, 반갑습니다. 우선 나와 있는 집을 먼저 보고 싶은데 가능한가요?”

“예, 가능합니다. 그런데 평수는 어느 정도 생각하고 계시는 지요?”

“가장 잘 나가는 평수가 어느 평입니까?”

“지금은 40대 평수가 가장 많이 나가고 있습니다.”

상수는 아파트의 40평대면 최소 방에 네 개라는 것을 알고 있었다.

그렇다면 캐서린과 침실을 만들고 자신의 서재도 꾸밀 수가 있다는 생각에 고개를 끄덕였다.

“그러면 그 평수로 바로 입주가 가능한 집을 구경했으면 합니다.”

“나가시지요. 제가 안내를 하겠습니다.”

이 실장은 부동산 업계에 오래 있어서 손님이 오면 집을 살 사람인지 아니면 구경만 할 사람인지를 금방 눈치챌 정도의 눈치는 있는 사람이었다.

상수와 캐서린은 이 실장을 따라 여러 개의 아파트를 볼 수가 있었고 그중 캐서린의 마음에 드는 곳을 찾았다.

캐서린은 아파트의 뒤에 산이 있는 것을 가장 마음에 들어 했기에 상수는 바로 계약을 하게 되었다.

"집 주인은 따로 계신가요?"

"예, 하지만 저희에게 모든 계약에 대한 권리를 일임하였기 때문에 문제는 없습니다."

"좋습니다. 그러면 오늘 전액을 드리고 바로 명의를 이전했으면 하는데 가능하십니까?"

"예, 가능합니다."

이 실장은 상수가 원하는 대로 바로 계약서를 작성하였고 법무사를 불러 그 자리에서 명의이전에 대한 서류를 모두 준비를 해 주었다.

상수는 모든 서류가 준비가 되자 바로 계좌로 이체를 해 주었고 그로 인해 계약은 일사천리로 마무리를 짓게 되었다.

이 실장은 부동산 계약을 상수처럼 빠르게 하는 사람은 오늘 처음 보았다.

상수는 계약을 마치자 바로 가전제품이 있는 곳으로 캐서린을 데리고 갔다.

이제 집을 샀으니 그 안에 물건을 채워야 했기 때문이다.

아파트는 고급이라 안에 붙박이가 되어 있어 농은 살 필요가 없었지만 책상은 따로 구입을 해야 했다.

상수와 캐서린은 그날 발품을 팔아 아주 마음에 드는 물건들을 살 수가 있었다.

"캐서린 마음에 들어 하는 모습을 보니 아주 좋아 보여요."

"예, 정말 물건들이 많아서 어떤 것을 골라야 할지를 고민하게 되었어요. 그래도 마음에 드는 물건이 있어 좋았어요."

"그러면 우리 이제는 쇼핑을 하러 갈까요? 우리가 입을 옷도 있어야 하지 않겠어요?"

상수의 말에 캐서린도 같은 생각을 하고 있었는지 고개를 끄덕였다.

"그렇게 해요. 그런데 우리 오늘 너무 무리하는 것이 아닐까요?"

캐서린은 오늘 상수가 너무 많은 돈을 사용하는 것 같아 솔직히 조금은 부담이 되었다.

"캐서린은 그런 생각하지 말고 그저 편하게 생각을 해주었으면 좋겠어요. 우리 오늘은 그런 생각하지 말고 그냥 편하게 쇼핑을 한다고 생각해요."

상수의 말에 캐서린도 어차피 구매를 해야 하는 것들이라는 생각을 하게 되었다.

"알았어요. 그러면 우리, 쇼핑을 가요."

강남에 있는 백화점에 가서 상수는 캐서린과 여러 가지

옷들을 구경하고 있었다.

그런데 그런 두 사람을 보는 시선들이 부러움이 가득 찬 눈빛을 보면서 상수는 내심 기분이 좋았다.

남자들은 부러움에 찬 시선이었고 여자들은 질투에 찬 시선을 두 사람에게 보내고 있었다.

캐서린의 미모가 남들이 보기에는 상당했기에 남자들은 그런 반응을 보였고 여자들은 모든 계산을 상수가 하고 있어서 질투를 하고 있었다.

상수는 그런 기분을 만끽하며 쇼핑을 하였고 캐서린은 그런 눈치는 없었지만 쇼핑을 하는 시간이 즐거웠다.

이는 상수와 함께 즐거운 시간을 보내는 것이 캐서린에게는 행복을 주어서였다.

"저기 보이는 옷은 어때요?"

"멋은 있어 보이는데 조금 비싸지 않을 까요?"

"아니요. 오늘은 우리 두 사람이 즐거운 시간을 보내는 날이니 그런 가격은 걱정하지 않기로 해요."

상수의 말에 캐서린도 고개를 끄덕였지만 그래도 한편으로는 마음이 불편한 것은 사실이었다.

상수는 그런 캐서린을 데리고 매장으로 갔다.

"어서 오세요. 고객님."

"저기 보이는 옷을 좀 보았으면 하는데요."

상수가 가리키는 곳에 있는 옷은 매장에서도 가장 비싸고 고급스러운 옷이었다.

"고객님 저 옷은 지금 한정품으로 나와서 사이즈가 있는지 확인을 해야 합니다."

"그래요? 그러면 확인을 부탁할게요. 여기 있는 분이 입을 겁니다."

상수는 캐서린을 보며 말을 했다.

캐서린의 얼굴도 미인이지만 몸매도 상당했기에 점원은 캐서린을 보고는 칭찬을 해 주었다.

"애인분이 상당히 미인이시네요. 고객님."

"하하하, 그렇게 남들이 그렇게 말을 하니 기분은 좋네요. 아무튼 고맙습니다. 그리고 옷은 바로 좀 부탁할게요."

"예, 고객님 바로 찾아보겠습니다."

점원이 가고 나자 상수는 캐서린을 보며 빙긋이 웃어 주었다.

아직 캐서린은 한국말을 알아듣지를 못하기 때문에 상수가 갑자기 왜 웃었는지를 모르고 어리둥절한 얼굴을 하고 있었다.

"캐서린이 너무 미인이라고 해서 기분이 좋아 웃었어요."

상수의 설명에 캐서린은 부끄러워서 얼굴을 붉혔다.

상수가 미인과 함께 있는 것을 보고 있던 사람들은 상수가 영어를 아주 유창하게 하는 것을 보고는 조용히 사라지고 있었다.

이들은 상수가 그냥 졸부라고 생각했는데 영어를 저렇게 할 정도면 남자가 그만큼 능력이 있다고 판단을 하고는 조용히 사라진 것이다.

캐서린은 갑자기 주변이 조용해지자 그 부분도 이해가 가지 않는 눈치였다.

하지만 그런 부분에까지 상수가 설명을 할 수는 없는 일이었기에 그냥 넘어가고 말았다.

상수와 캐서린은 그렇게 쇼핑을 하고는 집으로 돌아왔다.

아직 집에 전자제품들이 도착을 할 시간이 되지 않았기에 먼저 오려고 서둘러 온 것이다.

아파트는 비어 있었지만 이미 내부를 수리하였는지 아주 깨끗해서 바로 사용을 하는데 지장이 없었다.

아마도 파는 사람이 미리 그런 점을 예상하고 그렇게 한 모양이었다.

하기는 수리를 하고 팔면 조금이라도 더 받을 수가 있었기 때문이기도 했지만 말이다.

"집에 아무것도 없으니 썰렁하네요."

"예, 이제 물건들이 오면 달라질 거예요. 그런데 오늘 저녁은 어떻게 하지요?"

"저녁이야 물건들이 도착하고 나서 먹으면 되지요."

상수는 나가서 사먹으면 된다는 생각을 하였지만 캐서린은 집에서 자신이 정성을 들여 음식을 만들어서 상수에게 먹게 하고 싶었다.

하지만 오늘 당장은 캐서린이 보아도 무리라는 것을 알기에 더 이상은 말을 하지 않았다.

그렇게 있을 때 전자제품이 도착을 하였고 줄줄이 들어서고 있었다.

상수와 캐서린은 모든 물건들이 자리를 차지하게 위치를 알려 주었고 그렇게 자리를 차지하고 나니 이제야 조금 집이라는 느낌을 받을 수가 있었다.

상수는 가장 신경을 쓴 곳이 바로 서재였는데 이곳에는 자신이 일을 하기 위한 공간이기 때문에 조금은 신경을 써서 물건들을 고르기도 했다.

캐서린은 상수가 물건들의 위치를 알려주는 모습을 보며 마치 지금 자신이 신혼의 생활을 하는 것처럼 느껴졌다.

'이대로 살았으면 좋겠다. 이런 것이 행복이라면 나는 정말 이 기분을 그대로 가지고 살고 싶어.'

캐서린은 살아오면서 이런 행복을 느낀 적이 언제인지 기억이 나지 않았다.

어린 시절을 빼고는 이런 기분을 느낀 적이 없었기 때문이다.

상수는 그런 캐서린의 마음을 모르는지 물건의 배치에 모든 신경을 쓰고 있었다.

"캐서린, 이 침대는 어디로 향하게 하는 것이 좋을까요?"

안방에 들어갈 침대는 여자의 취향에 맞추어 방향을 정하려고 하였다.

"침대는 이쪽으로 해서 놓았으면 해요."

"알았어요."

상수는 캐서린의 말을 듣고는 바로 설명을 해 주었다.

일은 일사천리로 진행이 되었고 빠르게 마무리를 할 수가 있었다.

모든 물건들이 한 시간이라는 짧은 시간 안에 정리를 하였는데 이는 상수가 미리 자리를 정해 두었기 때문에 가능한 일이었다.

상수는 모든 물건들이 자리를 잡자 캐서린을 보았다.

어느 덧 시간도 흘러 9시를 알리고 있었다.

"캐서린, 우리 저녁을 먹어야지요."

"예, 그래요. 저도 이제는 배가 고프네요."

상수와 캐서린은 그렇게 둘만의 공간을 만들었고 마치 신혼집처럼 꾸미게 되었다.

제14장 본격적인 시작

UNION BANK

상수는 캐서린과 달콤한 시간을 보낸 다음 날 바로 회사로 출근을 하였다. 하지만 캐서린은 아직 출근을 하지 않았다.

이유는 바로 언어가 통하지 않았기 때문이었다.

상수는 그런 캐서린에게 한국어 선생을 붙여 주었고 매일 반나절은 한국어를 공부하게 되었다.

물론 제법 많은 돈을 주게 되었다.

하지만 어차피 언어는 배워야 하기 때문에 어쩔 수 없는 지출이라고 생각하는 상수였다.

캐서린도 자신이 언어 실력 때문에 문제가 된다는 사실을 알기에 상수의 말에 토를 달지 않고 그대로 따라주었다.

상수는 회사의 사무실에 앉아서 오늘 해야 하는 일에 대한 보고를 받고 있었다.

상수가 한국에 도착을 하고 나서 바로 비서를 뽑았는데 외국어도 할 수 있는 재원이었다.

상수는 아침에 출근을 하고 바로 인사를 나누었고 지금은 보고를 받고 있었다.

"오늘은 오전 열한 시에 재원그룹의 오필연 사장님과 약속이 되어 있습니다, 사장님."

재원그룹은 전에 상수와 만남을 가졌던 곳이었지만 상수가 입찰을 확실하게 하고 나서 이야기를 다시 하자고 하여 미루었던 곳이다.

"장소는 우리 사무실인가요?"

"예, 그쪽에서 이리로 온다고 하였습니다."

대기업인 재원그룹의 건설사 사장이 자신의 사무실로 오겠다는 것은 상당히 이례적인 일이었다.

하지만 지금은 갑이 상수고 을이 재원그룹이었다. 저들은 자신의 그런 위치를 알기에 스스로 알아서 고개를 숙이고 있는 중이었다.

물론 공사를 시작하게 되면 어떻게 변할지는 모르지만… 아마도 공사를 시작해도 이러한 관계는 마찬가지로 지속될 것이다.

이번 공사에서 오너인 상수의 권한이 절대적이었기 때문에 상수의 마음에 들지 않으면 그대로 공사를 진행하지 못하게 하면 그만이었기 때문이다.

"오후에는 선약이 없는가요?"

"아직 선약은 없습니다. 그런데 어제 태성그룹의 이창섭 이사에게 전화가 걸려왔었습니다. 시간이 되시면 연락을 부탁한다는 전언이었습니다."

"태성의 이창섭 이사에게는 전화를 해서 오늘 오후에 내가 태성으로 간다고 전하세요. 시간은 오후 5시가 적당하겠네요."

"예, 그렇게 전하겠습니다. 사장님."

비서는 그렇게 말을 하고는 나갔고 상수는 오늘 일에 대한 생각을 하고 있었다.

총 육천억 불의 공사를 진행해야 하는데 아직 선정을 한 업체가 하나도 없었기 때문이다.

그리고 워낙 규모가 커 한국의 기업에만 공사를 줄 수는 없었기에 다른 나라의 기업에 대한 정보도 필요했다.

한참을 그렇게 생각하던 상수는 결국 리처드 부사장을

찾았다.

상수는 인터폰을 눌렀다.

"리처드 부사장님에게 내 방으로 오시라고 전해 주세요."

"예, 사장님."

상수는 리처드를 만나 다른 나라의 기업들에 대한 이야기를 듣고자 하였다.

리처드는 상수의 부름에 빠르게 사장실로 왔다.

똑똑.

"들어오세요."

"사장님, 리처드 부사장님이 오셨습니다."

"안으로 들어오라고 하세요. 그리고 앞으로 리처드 부사장님과 김지성 이사가 오면 그냥 바로 안으로 들이세요."

"알겠습니다. 사장님."

비서는 아직 회사의 분위기에 대해 모르고 있어서 그런 것이지만 지성이나 리처드와 같은 경우에는 언제든지 편하게 이야기를 할 수가 있는 측근이었다.

리처드 부사장은 문을 열고 안으로 들어오면서 정중하게 말을 하였다.

"찾으셨습니까. 사장님."

"리처드 부사장님, 그렇게 하지 마세요. 그러면 제가 불편하지 않습니까. 우선은 여기 앉으세요."

"하하하, 사장님은 이제 기업의 오너라는 자각을 하셔야 합니다. 스스로 낮추지 마시고 언제나 당당하게 행동을 하셔야 합니다. 지금 우리는 이제 시작을 하는 단계이니 모든 이들이 그런 체계적인 관계를 가져야 합니다."

리처드는 상수가 너무 편하게만 생활을 하려고 한다는 생각이 들어 말을 해 주었다.

상수도 그런 리처드의 말을 이해하지 못하는 것은 아니지만 최소한 측근이라고 할 수 있는 두 사람과는 그런 관계로 남고 싶지가 않았다.

"리처드 부사장님, 무슨 말인지는 알겠지만 저는 최소한 리처드 부사장님과 김지성 이사와는 그런 딱딱한 관계로 지내고 싶지가 않습니다. 그러니 이런 제 모습은 이해를 해 주시기 바랍니다."

상수는 리처드의 말에 딱 부러지게 대답을 했다.

이번에도 자신이 그냥 흐지부지하게 대답을 하면 항상 저런 모습을 보아야 한다는 생각이 들어서였다.

리처드는 그런 상수를 보며 내심으로는 웃었지만 겉으로는 그저 담담한 얼굴을 하고 있었다.

"알겠습니다. 사장님의 뜻이 그러시다면 저희가 받아드

려야지요. 하지만 이는 우리들만 있을 때이지 다른 이들이 있을 때는 아닙니다."

"하하하, 알았습니다. 어서 앉으세요. 제가 오늘 보자고 한 건 지난번에 말한 것 때문입니다."

그러면서 상수는 한국의 기업을 빼고 해외에 있는 건설사들에 대한 이야기를 하였다.

그러자 리처드는 입가에 미소를 지으면서 손에 들고 있던 가방에서 무언가를 꺼내 상수에게 주었다.

"안 그래도 지난번에 연락을 주신 후에 조사를 했습니다. 여기 이 서류를 보시면 어떤 업체를 선정하는 것이 좋을지를 아실 수가 있을 겁니다."

역시나 리처드는 준비를 철저히 해 두었다.

상수는 그런 리처드를 보며 참 마음에 드는 사람이라는 생각이 들었다.

이거는 조금만 언질을 주었을 뿐인데 알아서 처리를 해주고 있었기 때문이다.

"리처드 부사장님이 그렇게 준비를 해주셨으니 그럼 이야기도 해야겠네요. 해외의 업체를 선정하는 것은 전적으로 리처드 부사장님이 해주세요. 이에 대한 전권을 드리겠습니다. 그렇게 하시면 국내의 업체는 제가 알아서 선별을 하지요."

상수는 그렇게 말을 하면서 국내와 해외 업체의 비율에 대한 이야기를 해 주었다.

모든 공사는 한국이 반이고 나머지는 각 국의 기업체에 주려고 한다는 말이었다.

그렇게 하면 다른 나라에서도 불만이 없을 것이라는 생각이 들어서였다.

하기는 안 주겠다는데 어쩌겠는가 말이다.

공사는 주는 것은 오로지 상수의 권한이었기 때문이었다.

리처드는 상수의 말을 듣고는 상수 혼자 모든 업무를 처리할 수는 없다는 사실을 알기에 바로 수락을 하게 되었다.

"그러면 이번 공사의 해외 업체 건은 제가 선별을 해서 뽑도록 하겠습니다. 이거 이번에 제대로 얻어먹을 수가 있게 되었습니다. 하하하."

리처드도 선별을 하는 동안 알게 모르게 많은 로비가 들어온다는 사실을 알고 있었기 때문에 하는 소리였다.

"그렇게 하세요. 부사장님이 그 문제는 전적으로 처리를 해 주시고 가스 공사는 최대한 신경을 써주시기 바랍니다. 한국의 기업들도 공사는 잘하지만 아직 기술적인 면에서 부족한 것들이 있다는 이야기를 들었기 때문입니다. 그러니 저들과 기술적인 협력을 받을 수 있도록 부사장님이 조금 신경을 써주셨으면 합니다."

하기는 한국 기업들이 기술이 부족하기는 했다.

아직은 선진국에 비해서 기술이 좋다고 할 수는 없었기 때문이다.

물론 노가다를 하는 일에는 크게 차이가 없었지만 공사라는 것이 사람의 힘만 가지고 할 수 있는 일이 아니었기에 반드시 기술이 필요한 부분이 있었다.

상수는 그런 기술을 이번 공사를 하면서 흡수하기를 바라고 있었다.

그렇게 해야 한국 기업들이 한 단계 도약을 할 수 있다고 보였기 때문이다.

"기술 협약은 우선 저들을 만나 이야기를 해보겠습니다. 하지만 저들이 그렇게 할지는 솔직히 장담을 못합니다. 저들도 기술을 그동안 축적을 하였던 기업이기 때문에 자신들의 기술을 그냥 유출 시키지는 않을 겁니다. 무언가 저들에게 이득이 있어야 하지 않겠습니까?"

리처드의 말을 들으니 상수도 충분히 이해가 가는 말이었다.

외국계 기업이 가지고 있는 기술을 한국의 기업에게 그냥 주지는 않을 것이기 때문에 그에 대한 문제를 한국의 기업과 이야기를 해보아야 했다.

"흠, 그 문제는 제가 한국의 기업을 만나 이야기를 해 보겠습니다. 서로가 이득이 되어야 하니 말입니다. 한쪽이 일방적으로 기술을 주라고 하면 솔직히 누가 그렇게 하겠다고 하겠습니까?"

"예, 맞습니다. 우리는 저들을 잘 조율을 하여 서로에게 이득이 되게 해주면 됩니다."

"알겠습니다. 그러면 부사장님은 우선 선진국의 기업들을 선별해 주시고 저는 한국의 기업들을 만나 보겠습니다. 그리고 공사를 시작하는 날은 앞으로 삼 개월 뒤에 바로 시작을 하는 것으로 잡으시면 됩니다. 육 개월까지 시간이 있지만 저는 삼 개월이면 업체를 선정하고 바로 공사를 시작할 수가 있다고 생각이 드네요."

상수는 하루라도 빨리 공사를 시작할 생각을 하고 있었다.

시간을 끌 필요가 없었기 때문이다.

자신은 이번 공사에 대한 문제만 처리를 하고는 바로 다른 입찰을 알아보려고 했다.

원래 메뚜기도 한철이라는 말이 있듯이 상수는 지금 주가가 올랐을 때 몽땅 삼키려고 하고 있었다.

"알겠습니다. 그러면 바쁘게 움직여야겠습니다. 해외 업체는 제가 책임지고 선별을 하겠습니다, 사장님."

"예, 부탁드립니다."

상수와 리처드는 그렇게 업무에 대한 이야기를 마치게 되었다.

리처드는 이제 해외로 나가는 일이 많겠지만 이는 리처드 본인도 그러기를 바라고 있었던 일이었다.

리처드는 한국에만 있을 생각이 없었고 자신도 해외로 다니면서 일을 하고 싶어 했기에 지금 상수가 하라고 한 일은 리처드에게는 정말 원하는 일이었다.

상수는 그렇게 회사의 업무를 보고 있으니 약속시간이 되었다.

"사장님, 재원그룹의 오필연 사장님과 약속을 하신 시간이 되었습니다."

비서의 보고에 상수는 상대를 만날 준비를 하기 시작했다.

오필연 사장을 만나면 할 말은 정해져 있었지만 문제는 재원그룹이 과연 자신에게 어떤 것을 제시할지가 궁금했다.

상수의 사무실은 한 층을 모두 사용을 하고 있어서 회의실 말고도 손님들이 오면 맞이하는 접객실이 따로 있었다.

재원그룹의 오필연은 코리아시티를 찾아오면서 많은 준비를 하였다.

처음에 상수를 만났을 때 상수는 카베인의 이사였지만 지금은 한 회사의 오너였기에 전과는 달랐다.

그리고 그 회사가 이번 공사의 모든 전권을 가지고 있었기 때문에 오필연의 입장에서도 고개를 숙일 수밖에 없었다.

"사장님, 도착했습니다."

"오 실장, 준비는 완벽하겠지?"

"예, 이미 여러 가지로 반영을 하여 충분히 승산이 있다고 판단이 되었습니다."

"좋아, 들어가자고."

오필연은 그렇게 코리아시티에 도착을 하게 되었다.

코리아시티의 사무실로 도착한 오필연과 일행들은 사무실의 분위기가 참 자유스럽다는 생각을 하게 되었다.

업무를 보는 직원들의 얼굴에서도 그런 표정을 읽을 수가 있을 정도였으니 말이다.

"어서 오십시오. 저는 코리아시티의 이사로 있는 김지성이라고 합니다."

지성은 오필연 사장과 그 일행이 오면 바로 맞이하기 위해 준비를 하고 있었다.

"반갑습니다. 재원건설의 오필연입니다."

서로 편하게 인사를 하고는 지성이 바로 안내를 하였다.

접객실에는 상수가 먼저 손님들을 기다리고 있었다.

상수는 먼저 와 있을 필요는 없었지만 그래도 이전에 얼굴을 보았기 때문에 상대에 대한 예의라 생각하고 먼저 기다리고 있었던 것이다.

상수는 오필연 사장과 그 일행이 들어오자 천천히 일어섰다.

"어서 오십시오. 오늘이 두 번째 뵙네요. 오 사장님."

오필연은 상수보다 나이가 많은 이였기에 상수는 어른에 대한 예의로 인사를 정중하게 하였다.

오필연은 상수가 먼저 인사를 하자 같이 인사를 하였다.

"반갑습니다. 전에 뵈었을 때보다는 더욱 얼굴이 좋아지신 것 같습니다."

"하하하, 좋아지기는요. 그동안 고생만 했는데 말입니다."

그냥 형식적인 인사를 하고 자리에 앉았지만 이들은 지금 피를 말리는 전투를 하고 있는 중이었다.

코리아시티의 인물들은 상수를 비롯하여 지성과 일부의

인물들이 자리를 차지했고 오필연과 그룹의 실장 그리고 쟁쟁한 간부들이 반대편에 진을 치고 있었다.

"자, 만났으니 이제부터 본격적인 이야기를 하도록 하지요."

제15장 기업의 이득

UNION BANK

상수가 먼저 본론을 꺼냈다.

오필연은 상수의 말에 눈빛이 빛나고 있었다.

이제부터 시작이라는 생각이 들어서였다.

“우리 재원그룹은 이번 공사를 전적으로 하고 싶습니다.”

“그러면 전에 한 이야기대로 재원에서는 어떤 것을 준비하셨습니까?”

상수는 바로 직설적으로 물었다.

태성과 재원은 상수가 이미 공사를 줄 생각을 가지고 있었기 때문에 이들에게 얻을 것은 최대한 얻어야 했다.

상수는 오필연을 보며 물었다.

만약에 공사를 수주하게 되면 그런 일은 사실 상수나 오필연이 개입을 하지 않아도 할 수 있는 일이었기 때문이다.

"그러면 조건을 이야기하기 전에 먼저 우리 재원이 할 수 있는 공사는 어디까지입니까?"

"이번 공사는 아시다시피 총 공사비 육천억 불의 초대형 공사입니다. 하지만 그중에서 재원이 감당을 해야 하는 금액은 아직 산정하지 못했습니다. 그 이유는 아직 재원이 감당할 수 있는 규모가 어느 정도까지인지를 저희가 알 수 없기 때문입니다. 그래서 서류를 준비해 달라고 한 것이고요. 그런 세부적인 이야기는 여기 김지성 이사와 따로 하시고 저는 사장님이 저에게 따로 할 이야기가 있는 것으로 아는데요?"

상수는 오필연을 보며 말을 하였다.

오필연은 상수가 지금 하는 이야기가 무슨 뜻인지를 모르지는 않았다.

전에 이미 만남을 가졌을 때 한 이야기가 있었기 때문이다.

오필연도 그때 상수가 무엇을 원하는지를 알고 있었고 그로 인해 본사로 가서 회의를 열었기 때문이다.

"우리 재원은 이번 공사를 최대한 많은 금액으로 하기를 원합니다. 물론 기업이 할 수 있는 범위 내에서 말입니다. 그리고 사장님이 원하시는 말은 이 자리보다는 따로 자리를 마련해서 하는 것이 좋을 것 같습니다."

상수는 오필연이 하는 이야기를 들으며 여기는 직원들이 있으니 말을 하기가 곤란하다는 뜻으로 받아들여졌다.

"그러면 사장님은 저와 함께 따로 자리를 마련하지요. 김 이사는 여기 있는 분들과 실무적인 일들을 보세요. 나는 여기 오 사장님과 잠시 다른 이야기를 해야 할 것 같으니 말이에요."

"알겠습니다, 사장님."

지성도 상수가 그러는 이유를 알고 있기에 미소를 지으며 대답을 했다.

지성의 대답을 들은 상수는 바로 오필연을 보았다.

"사장님, 이제 가실까요?"

오필연은 상수가 이렇게 급작스럽게 나올지는 몰랐는지 조금은 황당한 얼굴이 되었다.

하지만 그렇다고 피할 수 있는 자리가 아니었기에 대답을 하고는 일어서게 되었다.

"그렇게 하시지요."

상수와 오필연은 따로 자리를 옮겼고 남아 있는 이들은

실무적인 일을 협의하기 위해 서로를 보고 있었다.

지성은 재원그룹의 실장이라는 사람을 보았다.

"코리아시티의 김지성 이사입니다."

"재원의 기획실장인 오치섭이라고 합니다. 잘 부탁합니다."

오 실장은 지금 갑이 누구인지를 아주 잘 알고 있었기에 지성에게 스스로 숙이고 들어가고 있었다.

만약 실무 담당을 하는 지성이 자신들의 회사에 좋지 않은 이야기를 하였을 경우에는 공사를 포기해야 하는 상황이 생길 수도 있었기 때문이다.

물론 위에 있는 사람들이 이미 사전에 이야기를 하기는 하겠지만 그렇다고 실무진들을 우습게 생각할 수는 없는 일이었다.

그리고 실질적으로 공사를 하게 되면 실무진들과 더 많은 시간을 보내게 되는데 처음부터 좋지 않은 인상을 주게 되면 그룹의 사람들만 힘들게 된다는 사실을 오 실장은 잘 알고 있었다.

이는 재원도 마찬가지였기 때문이었다.

지성과 오 실장은 그렇게 웃으면서 인사를 하고는 바로 본론으로 들어가게 되었다.

이렇게 이들이 실무적인 이야기를 하고 있을 때 오필연

과 상수는 다른 사무실에서 서로를 보고 있었다.

"오 사장님, 우리 솔직하게 대화를 하지요. 이번 공사에 대한 전권을 제가 가지고 있습니다. 재원이 저에게 어떤 것을 주실 수가 있습니까?"

상수는 딱 부러지게 무엇을 줄 것인지를 물었다.

오필연도 그런 상수를 보며 시원하게 대답을 해 주었다.

"우리 재원은 이번 공사에 천억 불은 배당을 받을 수 있다고 생각하고 그에 대해 십 프로를 생각하고 있습니다."

천억 불의 십 프로면 백억 달러였는데 그렇게 거금을 재원이 줄 수 있는지는 상수도 생각지 못한 일이었다.

"재원에서 통 크게 말을 하시니 저도 솔직하게 말씀을 드리겠습니다. 잘 아시다시피 이번 러시아의 공사는 총 육천억 불의 규모입니다. 그중에 우리 한국에는 원래 이천 억이 배당 되었는데 저의 재량으로 천억의 공사를 더 배당을 받았습니다. 그리고 솔직히 재원이 크기는 하지만 천억 불의 공사를 감당할 여력이 되십니까? 공사가 순조롭게 진행이 되면 문제가 없겠지만 공사라는 것이 생각처럼 그렇지가 않다는 것은 사장님도 잘 아시고 계실 겁니다. 러시아 정부는 그런 점을 걱정하여 공사를 하는 업체에게 공사비 전액에 대한 보험을 들어 주기를 바라고 있습니다."

공사를 하는 것에 보험은 필수였지만 전액을 보험을 들

라는 말은 그만큼 공사가 힘이 든다는 이야기였다.

그리고 천억 불의 보험을 들려면 엄청난 보험료를 지불해야 하기 때문에 오필연도 놀란 얼굴을 하고 말았다.

"그러면 이번 공사는 모든 업체가 다 보험을 들어야 한다는 말입니까?"

"그렇습니다. 이는 러시아 정부가 원하는 것이라 저도 어떻게 해드릴 수가 없는 문제입니다."

러시아 정부는 이번 공사를 입찰하면서 모든 전권을 주는 대신에 공사를 하는 업체들에게 모두 보험을 들게 하고 있었는데 그 이유는 바로 중간에 공사를 포기하는 일이 생기지 않게 하기 위해서였다.

만약에 공사를 포기 하면 그 보험금을 받을 수가 있으니 그 돈으로 공사를 다시 시작하면 되기 때문이었다.

결국 그렇게 되면 러시아 정부는 자신들이 가지고 있는 지분은 그대로 가지고 있으면서 공짜로 공사를 할 수가 있다는 계산이었다.

"그러면 보험료를 빼면 실질적으로 그리 남는 것도 없는 공사가 될 수도 있다는 말씀이십니까?"

"공사에 대해서는 저도 잘 모릅니다. 하지만 제가 알기로는 공사를 어떻게 하는지에 따라 비용을 절감한다고 알고 있습니다. 그리고 또 한 가지 이번 공사에는 가스 공사도 있기에 선진국의 기술을 저들과 협의를 하여 공사를 진행해야 할 겁니다. 부족한 기술은 저들에게 배우고 한국 기업은 그런 저들에게 무언가를 제시해야 하지 않을까요? 저는 해외의 기업들에게 기술을 배우는 것이 오히려 득이 된다고 생각하고 있습니다.”

상수의 설명을 들은 오필연은 생각 이상으로 일이 복잡하다는 것을 알게 되었나.

그리고 이번 결정이 건설의 입장에서는 아주 중요한 일이라는 것을 느낄 수가 있었다.

새로운 기술을 배우는 것이야 당연히 배워야겠지만 과연 무엇을 주고 그 기술들을 배우는지가 관건이었다.

“흠, 사장님은 우리 업체들이 새로운 기술을 배우기를 바라고 계시는 것 같은데 다른 이유라도 있습니까?”

오필연은 상수가 하는 말을 들으면서 무언가 다른 것이 있다는 생각이 들어서 물었다.

“저는 우리나라 업체들이 선진 기술을 배워 앞으로 더욱 기술을 발전하여 건설 분야에서는 세계적으로 기술이 뛰어난 곳으로 알려지기를 바라고 있습니다. 그렇게 되어야 다른 공사를 할 때 한국의 기업에 줄 수가 있으니 말입니다. 한 가지 예를 들어 원자력발전소를 공사한다면 아직은 기술이 부족해서 하고 싶어도 할 수가 없지 않습니까? 결국 기술력이 부족하니 다른 나라의 업체와 기술 협약을 해야 하고 말입니다."

상수의 말을 들으니 오필연은 다음 공사는 아마도 그런 방향으로 진행이 될 것 같은 생각이 들었다.

그만큼 상수가 하는 이야기는 현실을 그대로 반영하여 하는 말이었기 때문이다.

오필연도 그런 사실을 알고는 있지만 그룹의 힘이 아직까지는 그렇게 하지 못하고 있어서 내심 답답하게 생각을 하고 있었기도 했다.

건설 분야에서는 독보적인 존재로 남고 싶었지만 혼자만의 힘으로는 이룩할 수가 없는 일이었다.

오필연도 건설을 맡으면서 항상 걱정을 하는 것이 바로 기술력이었다.

부족한 기술력을 그냥 공짜로 알려주는 곳은 없었기에 아직도 선진국의 기술을 배우지 못하고 있었다.

그런데 상수가 하는 이야기를 들으니 이번에 그런 기회가 생길 수도 있다는 묘한 뉘앙스를 풍기고 있느니 오필연의 눈빛이 달라지고 있었다.

"정 사장님, 우리가 기술을 배우고 싶어도 누가 기술을 알려주겠습니까? 요즘은 기업의 이득이 없으면 기술을 알려 주지 않으니 말입니다. 만약 기술을 배우려면 그에 해당하는 엄청난 자금이 들어가니 기업들도 감히 배우지를 못 하고 있는 거지요."

오필연의 말대로 기술이라는 것은 엄청난 자금이 들어가야 배울 수가 있는 것이기 때문에 쉽게 배울 수 있는 것이 아니었다.

하지만 상수는 이번 기회를 잘만 활용한다면 한국의 건설사들도 선진국의 앞선 기술을 배울 수가 있을 것으로 생각하고 있었다.

그리고 지금이 아니면 그런 기회도 없고 말이다.

돈을 주기는 하겠지만 이들이 생각하는 엄청난 자금이 아니기 때문에 상수는 충분히 투자를 할 가치가 있다고 보고 있었다.

그리고 앞으로는 기술력이 없으면 기업은 그만큼 퇴보를 할 것으로 보고 있는 상수였다.

상수가 아무리 한국 기업에게 일을 주려고 하여도 기술력이 부족하면 결국 줄 수가 없기 때문이었다.

다른 이들이 타당하게 생각할 수 있는 근거가 있어야 하는데 한국 기업은 아직 그런 근거를 만들 기술력이 없는 것은 사실이었다.

한국 자체에서는 뛰어난 기술력이라고 선전을 하고 있지만 세계무대로 나가게 되면 아직은 많은 부분이 부족하다는 것을 한국 기업들도 인정을 하고 있었기 때문이다.

세계적인 건설 회사들은 자신들의 기술을 개발하기 위해 엄청난 자금을 투자하지만 한국 기업은 투자를 하지 않으니 기술력이 부족할 수밖에 없는 상황이었다.

"이번 공사를 하면서 저는 해외 기업에게 한 가지 부탁을 할 예정입니다."

"그럼 그 부탁이라는 게……?"

"네, 바로 한국 기업 중 하나와 함께 공사를 진행해야 한다는 조건으로 공사를 주려고 합니다. 적은 금액이 아니기 때문에 저들도 거부를 할 수는 없을 겁니다."

"그런 방법이라면 가능하겠지만……."

"저는 이번 기회를 이용하여 저들이 가지고 있는 기술력을 한국 기업이 배웠으면 합니다. 물론 공사를 해야 기술도 배울 수가 있겠지만 말입니다."

세부적으로 따지면 기술을 그냥 배우는 것이 아니라 상대 회사와 타협을 보아야겠지만 그런 기회도 없는 것이 한국 기업의 현실이었기에 오필연은 이번에는 무슨 일이 있어도 공사를 받아야겠다는 마음의 결심을 먹게 만들었다.

오필연은 평생을 건설업에 매진해 온 사람이었다.

그렇기에 상수의 한마디에 오필연의 마음은 뜨거워지고 있었다.

열정이 아직은 식지 않았기에 그런 것이지만 오필연의 평생소원이 바로 자신이 맞고 있는 건설사가 세계적인 건설회사가 되기를 바라고 있었기 때문이다.

"그렇다면 이번 공사는 블록을 나누어서 파트너 형식으로 진행이 되는 겁니까?"

"그렇습니다. 한국 기업과 외국 기업이 하나가 되어 구간을 공사하게 할 생각입니다. 물론 구간이 겹치는 부분도 없지 않아 있지만 이는 오히려 한국 기업에 도움이 된다고 생각이 듭니다. 이런 기회를 이용하여 기술을 배울 수만 있다면 저는 아주 좋은 일이라고 판단을 하고 있습니다."

상수의 말에 오필연은 가만히 생각에 빠져 들었다.

파트너 형식의 공사는 두 회사가 하나의 구간을 가지고 함께 공사를 하는 것인데 이러한 방식은 좋은 점도 있지만 의견이 둘로 나누어져서 골치 아픈 점도 있었다.

한국 기업들은 특히 자존심이 강해 기술력이 부족하면서도 나서려고 할 것이니 현장에서 그런 일로 충돌이 생기면 곤란하기 때문이었다.

오필연은 그런 일들이 생기는 것을 걱정하고 있었다.

그만큼 현장 경험이 많으니 사전에 그런 생각도 할 수가 있는 것이다.

"사장님, 만약에 그렇게 하시면 좋은 점도 있지만 현장에서 일하는 사람들이 충돌을 할 수도 있습니다. 그 점을 생각해 주셔야 할 겁니다."

"저도 그 부분에 대해서 생각을 해보았습니다. 그래서 공사 구간을 서로 겹치는 구간이 없게 하려고 하는 겁니다. 하지만 일부 구간은 협력을 하게 만들려고 합니다. 그렇지 않으면 기술을 배울 기회가 없으니 말입니다. 좋은 점이 있으면 나쁜 점도 감안을 해야겠지요."

상수는 세상에 공짜는 없다고 생각하는 사람이었다.

좋은 것만 찾아서 할 수 있으면 좋겠지만 세상이 그렇게 만만한 곳이 아니기 때문에 항상 좋을 수만은 없었다.

상수도 그런 점을 알기에 최대한 신경을 써서 구간을 정하려고 하는 것이고 말이다.

"무슨 말씀이신지는 알겠습니다. 그러면 우리 재원건설에는 그 정도의 규모로 공사를 주시는 겁니까?"

"십 프로를 주신다고 하니 조금 부족하기는 하지만 그래도 적지 않은 양보를 하신 것이니 우선 검토를 해야겠습니다. 제가 전권을 가지고 있기는 하지만 저도 러시아 쪽 인물과 상의를 해야 하니 말입니다."

상수는 혼자 처리를 하는 것이지만 이들에게는 그렇게 말을 하고 있었다.

그렇게 해야 나중에 문제가 생기지 않을 것이기 때문이

었다.

상수의 대답에 오필연은 고개를 끄덕였다.

사실 재원그룹의 정보망에서도 이번 공사를 준비하기에 앞서 상수와 러시아 마피아와의 관계도 깊은 조사를 하였다. 때문에 상수가 러시아 마피아와 연관이 있다는 정보를 받았다. 하지만 결정적으로 상수가 마피아의 친구라는 사실을 모르기 때문에 그저 상수가 러시아 마피아의 대리인 정도로 이해를 하고 있었다.

하지만 카베인의 이사를 할 정도로 상수의 능력이 있고 친분도 있으니 상수가 상당한 권한을 가진 대리인이라고 생각을 하고 있었다.

그리고 상수가 가지고 있는 권한이 바로 업체를 선정할 수 있는 자격이라고 보고 있었다.

우선 선정이 되어야 공사를 할 것이 아니겠는가 말이다.

그래서 재원은 코리아시티라는 회사로 찾아오게 된 것이고 말이다.

우선은 가상 분제가 바로 눈앞에 있는 상수를 설득하여 많은 공사를 따내는 것이 재원의 입장에서는 중요한 일이었기 때문이다.

요즘은 건설공사도 없어서 회사를 꾸려 나가는 일도 쉬운 일이 아니었기 때문이다.

"그러면 좋은 결과가 있기를 바라겠습니다. 저희는 정 사장님만 믿고 있겠습니다. 그리고 이거는 제가 개인적으로 정 사장님에게 드리는 거니 오해는 하지 않으셨으면 합니다."

그러면서 오필연은 품에서 작은 봉투를 꺼내 상수에게 주었다.

그런데 돈 봉투라고 생각이 들지 않은 것이 조금 두툼해 보였기에 상수는 의문의 눈을 하며 봉투를 열어 보았다.

그 안에는 재원건설의 명의가 아닌 상수의 명의로 된 12층의 건물에 대한 등기서류가 들어가 있었다.

위치를 보니 제법 많은 돈을 받을 수 있는 건물이었기에 상수는 내심 놀라고 있었다.

"아니 이 건물을 왜 주시는 겁니까?"

"코리아시티의 지사 건물도 없는 것으로 알고 있습니다. 그 건물이 그래도 위치가 좋으니 거기를 지사 건물로 하시면 좋을 것 같아서 선물을 드리는 겁니다. 모두 우리 재원을 잘 부탁드리기 위해서이기도 하지만 이 건물은 제가 개인적으로 정 사장님에게 드리는 선물입니다."

말로는 개인적인 선물이라고 하지만 결국은 재원을 잘 부탁하기 위한 뇌물인 것이다.

상수는 재원이 이런 건물 정도는 충분히 선물로 줄 수 있는 재력을 가지고 있다고 생각이 들었다.

천억 불이면 한국 돈으로 무려 백조에 해당하는 금액이었고 그런 엄청난 공사를 한국의 한 기업이 감당하기에는 솔직히 상당한 어려움이 있었다.

그리고 아무리 선물이 좋다고 해도 그런 공사에 비해서는 선물이라고 생각이 들지 않을 정도의 금액이었기 때문이다.

오필연은 상수의 얼굴이 조금 좋지 않은 것을 보고는 다음 선물을 바로 꺼냈다.

"정 사장님, 제가 드리는 선물이 마음에 드시지 않겠지만 저녁에 시간을 내주십시오. 아주 흡족한 선물을 그룹에서 준비하였습니다."

아마도 다른 무언가를 준비를 하였는데 가지고 오지를 못한 모양이었다.

"재원이 그렇게 준비를 하셨다고 하니 우선은 선물이 무엇인지를 확인하고 싶어지네요. 그렇지만 오늘 저녁은 곤란하네요. 제가 태성과 저녁에 선약이 되어 있어서 말입니다. 내일 저녁은 상관이 없습니다."

상수는 주는 선물을 거절하지 않기로 마음을 먹고 있었다.

그룹의 이미지도 있겠지만 백조에 해당하는 금액을 공사

한다는 선전만 해도 재원의 이미지는 엄청난 이득을 볼 수가 있었기 때문이다.

재원은 이번 공사에 그룹의 차원에서 총력을 기울여 지원을 하라는 그룹 회장이 특별히 지시를 내렸기 때문에 오필연도 자신을 하고 있었다.

그런데 오늘 저녁에 태성을 만나기로 약속이 되어 있다는 말을 듣자 오필연의 얼굴이 다급해지기 시작했다.

태성도 이번 공사에 사활을 걸고 움직이고 있다는 이야기를 들었기 때문이었다.

한국의 모든 기업이 이번 공사에 대한 정보를 가지고 있었기 때문에 공사를 거부하는 업체는 없었다.

서로가 공사를 하기 위해 로비를 펼치려고 하고 있었기 때문에 오필연은 마음이 급해진 것이다.

상수는 그런 오필연을 보며 아주 느긋한 마음으로 상대를 보고 있을 뿐이었다.

'급한 놈이 먼저 움직이게 되어 있지. 내가 안달이 나서 움직일 필요는 없으니 말이야.'

상수는 이번 공사로 최대한 많은 이득을 얻으려고 하고 있었다.

한국 기업들은 이미 그런 행동으로 로비를 한다는 사실을 상수도 알고 있어서였다.

물론 이는 다른 해외의 기업들도 마찬가지였다.
로비를 하려면 어쩔 수 없이 많은 자금이 들어가야 했고 그런 큰 공사를 하려면 어느 정도는 로비자금을 준비를 해야 했다.
한국이나 미국이나 이는 마찬가지였기 때문이다.
단지 외부로 들어나는 것이 없어 사람들이 모르고 있어서 말이 없었지만 말이다.
"정 사장님, 오늘 저녁이 곤란하시면 내일은 저희 재원에게 시간을 내주시기 바랍니다."
오필연은 상수가 태성그룹의 인물과 만나기로 선약이 되어 있다고 하였기에 자신이 조금하게 보이지 않게 하려고 그런 말을 하고 있지만 이미 상수는 오필연의 눈에서 초조함을 느끼고 있었다.
"그렇게 하십시오. 오늘은 이미 선약이 되어 있어 저도 시간을 내기가 어려우니 내일 저녁에 약속을 잡지요."
상수는 그렇게 오필연과 약속을 정하고 만남을 정리하게 되었다.
공사 대금의 10프로는 공식적인 커미션이기 때문에 회사의 돈이지만 상수가 개인적으로 받은 금액은 바공식적인 돈이기 때문에 언제든지 자신이 사용할 수가 있는 자금이었다.
상수는 한국의 재원그룹도 이렇게 안달을 하는 것을 보

고는 다른 그룹도 마찬가지라는 생각을 하게 되었다.

건설업체들이 요즘 경기가 좋지 않았기 때문에 지금 나온 러시아의 공사는 이들에게는 단비와 같은 일이었다.

그러니 서로가 지금 최대한 공사를 하기 위해 로비를 하려고 하는 것이었다.

상수는 그렇게 약속을 정하고는 자신의 사무실로 돌아왔다. 나머지 일은 지성이 알아서 처리를 하면 되기 때문이었다.

상수와의 미팅이 끝나자마자 오필연은 다른 일들은 오 실장이 알아서 처리를 하게 두고 자신은 급하게 그룹의 본사로 돌아갔다.

오늘 태성이 과연 어떤 것을 준비하고 있는지를 알아보아야 했다.

태성이 주는 선물이 더 좋다면 이번 공사에서 최고의 공사를 수주하는 업체는 태성이 될 수도 있었기 때문이다.

사무실로 돌아온 상수는 그간 준비한 자료들은 보며 실망을 하고 있었다.

"이거야 원……."

상수는 원래의 계획대로 한국 기업에 절반의 공사를 주려고 하였다.

하지만 막상 관련 기업들을 대상으로 지원을 받아보니 이거는 기본도 되지 않은 기업들이 몰려드는 바람에 화가 나고 있었다.

"아니 이 회사는 뭡니까? 실적도 없는 회사가 무슨 공사를 한다고 이런 서류를 제출하고 있는 겁니까?"

"아마도 정부에서 관여를 하려고 하는 것 같습니다, 사장님."

상수의 앞에 있는 사람은 지성의 소개로 입사를 한 남자로 재능도 있고 실력도 상당한 인물이었다.

나이는 상수보다는 어리지만 그 능력을 인정을 받고 있는 인물이었기에 지성에 데리고 오는데 조금 애를 먹기도 했다지만 코리아시티의 기획실장을 보장하여 오게 된 인물이었다.

자신의 능력을 인정해 주는 회사였고 무엇보다도 마음에 드는 지성과 같이 근무를 할 수가 있다는 것이 마음에 들어 입사를 결정한 인물이었다.

"정부에서 무슨 상관이 있다고 우리 회사의 일에 자기들이 관여를 한다는 말입니까?"

"그 회사가 아마도 정부가 밀어주는 곳인 것 같습니다. 아니 정확하게 말해서 정부가 아니라 여당의 실세인 정명호 의원의 동생이 그 회사의 사장이라 정부 관계자가 개입을 하고 있는 것 같습니다."

상수는 자신의 회사에 정부 관계자가 개입하는 것이 탐탁지 않았다.

사실 러시아에서 이미 이런 일이 생길 것을 예상하고 이에 대한 준비를 해주었기에 크게 걱정은 하지 않고 있기도 했다.

이미 러시아 정부의 관계자와 이런 문제에 대한 이야기를 했기 때문이었다.

"장 실장님, 우리 회사는 한국 정부의 눈치를 볼 필요가 없으니 회사가 정하는 기준에 부족하다고 생각이 들면 서류를 바로 폐기 처분을 해 버리세요. 그리고 만약에 그렇게 했는데도 정부에서 개입을 하게 되면 제가 알아서 처리를 할 것이니 그런 문제에 대해서는 신경을 쓰지 않아도 될 겁니다. 저를 믿고 원칙대로 일을 처리해 주세요."

기획실장인 장성익은 상수가 러시아 마피아의 인물들과 상당한 친분이 있다는 사실을 알기에 바로 대답을 하였다.

"알겠습니다. 그렇게 처리를 하겠습니다. 사장님."

장성익은 사장의 파워가 상당하다는 것을 알기에 크게 걱정은 없었다.

하지만 과연 정부의 압박을 어떻게 처리를 할지는 자신도 모르는 일이었다.

아마도 러시아 정부에서 개입을 하게 되면 한국 정부도 더 이상은 코리아시티에 대해서는 관여를 할 수 없을 것이라고 생각을 하고 있었다.

이번 러시아 공사를 따기 위해 많은 업체들이 코리아시티로 서류를 보냈지만 상수의 지시로 인해 회사가 정하는 기준에 미흡하면 바로 폐기를 해버리고 있었다.

정명호 의원은 자신의 동생이 사장으로 있는 건설사가 이번 공사에 선정이 될 것으로 생각하고 있다가 갑자기 걸려온 전화로 지금 화를 내고 있었다.

"아니 이게 무슨 소리야? 이번 공사는 분명히 할 수 있다고 하지 않았나?"

보좌관은 옆에 있다가 통화를 하는 소리를 들었기에 무언가 잘못 되었다는 것을 알았다.

"의원님, 이번 일은 건교부에서 처리를 해주기로 했기 때문에 저도 걱정을 하지 않고 있었습니다. 바로 상황을 알아보고 보고를 하겠습니다."

"아니 상황은 무슨! 지금 동생이 직접 확인을 하고 왔다고 하잖아. 코리아시티에서는 동생의 건설사는 자격이 부족하여 빼버렸다고 말이야. 한번 제출한 서류에서 이미 부적격으로 판정이 되면 더 이상은 기회가 없다고 하지 않나?"

정명호는 동생의 전화를 받고 생각지도 못한 일이기 때문에 지금 화가 나기도 했지만 코리아시티라는 회사가 괘씸한 생각이 들었다.

"의원님, 제가 먼저 상황을 알아보겠습니다. 이번 일은 건교부의 간부 중에 그래도 제법 고위층의 인물이 직접 처리를 해주겠다고 해서 저도 크게 신경을 쓰지 않고 있었는데 정말 죄송합니다. 아직 코리아시티라는 회사에서는 동생분이 의원님의 동생인지를 모르고 일을 처리한 모양입니다."

보좌관의 말을 들은 정명호도 그럴 수도 있겠다는 생각이 들었다.

만약 자신의 동생이라는 사실을 모르고 있었다면 그렇게 될 수도 있었기 때문이다.

사실 동생의 건설사는 실적이 그리 좋지 않았다.

지금도 자신이 가끔 힘을 써 줘서 수주 받는 공공입찰로 회사를 꾸려 나가고 있었기 때문이다.

그렇지만 직접 공사를 하는 것이 아니라 하청을 주기 때문에 공사에 대한 부실 공사는 없었다.

그래서 이번 공사도 그렇게 처리를 하면 될 것이라고 생각하고 이야기를 한 것인데 동생이 떨어졌다고 하소연을 한 것이다.

"그러면 자네가 가서 확인을 해보게. 일이 어떻게 이렇게 진행이 되도록 모르고 있었는지 바로 알아 보게."

"알겠습니다. 의원님."

보좌관도 여당의 실세인 정명호 의원의 동생이 하는 건설사를 그렇게 처리할 거라는 생각은 하지 못하고 있었다.

하지만 이들이 아무리 공사를 따려고 하여도 상수는 그런 이들에게 전혀 반응을 하지 않는다는 사실을 모르고 있었다.

상수는 자신이 생각하는 기업들을 빼고는 모두 정석대로 일을 처리하라는 지시를 내렸기 때문이었다.

이번 공사는 규모도 엄청나지만 우선적으로 공사를 할 수 있는 기준이 있었는데 바로 전년도 실적이었다.

하지만 그 기준이 너무 엄격한 것은 아니었기에 국내의 웬만한 건설사라면 기준을 넘는 것은 일도 아니었다.

그런 업체가 되어야 공사를 할 수가 있었고 그렇게 해야 나중에 문제가 생기지 않을 것이기 때문이었다.

다만 정명호 의원의 동생이 하는 건설사가 너무 규모가 작을 뿐이었다.

상수는 그렇게 업체를 선정하여 공사를 진행할 예정이었다.

그런 상수의 지시를 모르는 보좌관은 바로 건교부에 전화를 걸었다.

"국장님, 아니 이게 어떻게 된 겁니까? 이번 공사는 아무

문제 없다고 하시지 않았습니까? 지금 정 의원님이 대단히 화가 나셨습니다."

―김 보좌관, 나도 이번 공사를 받게 하려고 노력을 하였지만 그 회사의 사장이 젊어서 그런지 세상 물정을 몰라. 우리가 아무리 압력을 행사해도 먹히지가 않아요.

국장이 하는 이야기를 듣고 있는 보좌관은 이해가 가지 않는다는 표정을 짓고 있었다.

"아니 한국에서 건설업을 하면서 국장님의 말을 무시하고 사업을 할 수가 있는 겁니까?"

―나도 여러 방면으로 알아보았는데 코리아시티라는 회사는 본사가 러시아에 있고 지금 공사를 주는 곳은 한국 지사라고 합니다. 그리고 이번 공사는 한국 기업에만 주는 것이 아니라 해외 기업들도 참여하기 때문에 실적이 없는 회사는 처음부터 부적격 회사로 판정을 하여 공사를 할 수 없도록 하는 것이 자신들의 회사 방침이라고 하고 있어요. 우리나라 기업이 아니기 때문에 함부로 행정지도를 할 수가 있는 것도 아니고 말입니다.

국장이 하는 이야기를 들으니 코리아시티는 러시아의 기업이라는 말이었다.

그렇게 되면 한국 정부에서 저들을 압박할 수단이 없기도 했지만 그렇다고 전혀 없는 것은 아니었다.

"흠, 국장님이 그렇게 말씀하시니 그러면 그만두세요. 제가 처리를 하겠습니다."

김세진 보좌관은 다른 곳에 부탁을 하여 손을 볼 생각을 하고 있었다.

국장은 김세진의 그 말에 기분이 상했지만 상대가 거물의 밑에 있는 인물이기 때문에 더 이상은 말을 하지 않았다.

김세진은 국장과 통화를 마치고는 얼굴에 인상을 쓰고 있었다.

"아니 국장이나 되어서 그런 일도 처리를 못하고 무엇을 하는 거야?"

김세진도 정명호의 밑에 있으니 그와 닮아 가는 것인지 권력자의 그늘에서 그 권력을 휘두르는 것을 좋아했다.

상수에게는 먹히지도 않았지만 말이다.

"이제 막 생긴 신생회사라 국세청에 전화를 해도 문제고… 어디에 연락을 하는 것이 가장 좋을까?"

김세진은 그렇게 상수를 몰아붙일 건수를 찾고 있었다.

그런 상황을 모르는 상수는 오늘도 회사에서 공사에 대한 회의를 하고 있었다.

"리처드 부사장님에게는 아직도 연락이 없는 건가요?"

"연락은 왔습니다. 그런데 해외의 기업들은 한국과는 다르게 여러 가지를 재고 있는 것 같습니다."

러시아의 공사에 바로 참가를 하려는 업체는 그리 많지가 않았다.

그 이유는 아직 러시아의 마피아가 개입이 되어 있는 것을 다들 알고 있었기 때문이었다.

하지만 상수는 리처드에게 이번 공사는 자신이 전권을 가지고 있고 공사비에 대한 지불도 확실하기 때문에 문제는 없었다.

공사라는 것이 그 공사비만 확실하게 주면 어떤 공사라도 마다할 이유가 없었기 때문이었다.

상수는 이미 공사비에 대한 것은 금융권에서 지불하기로 이미 다 이야기가 되어 있었기 때문에 저들과 협의를 하는 일은 크게 어려움이 없을 것이라고 보고 있었다.

단지 저들도 머리를 굴리고 있을 것이고 무엇이라도 더 많은 이득을 노리고 있기 때문에 바로 참여를 하지 않는 것이라고 보고 있었다.

"해외의 업체들이 그러는 것은 그냥 두고 보라고 하세요. 시간이 촉박해지면 그때는 우리가 원하는 방식으로 할 수밖에 없을 거니 말입니다."

공사에 대해서 상수는 걱정을 하지 않았는데 이는 거기에 대한 대비가 충분하였기 때문이었다.

아직은 공사를 시작할 시간이 남아 있으니 상수도 급하게 일을 처리할 생각이 없었다.

그리고 자신이 급한 모습을 보여주면 상대가 그런 자신의 약점이라고 생각하고 더 시간을 끌려고 할 수도 있었기 때문에 상수는 그런 모습을 처음부터 보여주지 않으려고 하였다.

"알겠습니다. 그렇게 말을 전하겠습니다, 사장님."

"그리고 국내 업체들은 어느 정도 정리가 되었나요?"

"아직 전부를 확인하지는 못했지만 먼저 선정을 하지 못할 기업들은 전부 정리를 하였습니다. 이제 남은 기업들은 모두 공사를 할 자격이 있는 업체들만 남았습니다."

"그러면 남은 기업들 중에 신중하게 골라서 우선 보고를 해주세요."

"예, 사장님."

상수는 그렇게 업무보고를 마치고 있었는데 인터폰이 울렸다.

삐익.

"사장님, 국정원에서 사람이 나왔습니다."

상수는 갑자기 국정원에서 사람이 나왔다는 말을 듣고는 고개를 갸웃거렸다.

자신과 국정원에는 아무런 연관이 없었기 때문이었다.

"무슨 일로 왔다고 합니까?"

"그것은 사장님을 만나야 말할 수 있다고 합니다."

"우선 들어오라고 하세요."

상수는 국정원에서 자신을 찾을 일이 없다고 생각하고 있었고 자신을 찾아와도 걸리는 것이 없다고 생각하고 있었기에 당당하게 맞이할 수가 있었다.

문이 열리면서 중년의 남자가 들어오는데 그 얼굴이 날카로운 인상을 가지고 있었다.

국정원에 근무를 하는 사람이라 그런지 인상이 일반인과는 달라보였다.

"어서 오세요. 무슨 일로 저를 찾으셨습니까?"

"정상수 사장님이 되십니까?"

"그렇습니다. 제가 정상수입니다."

상수가 인정을 하자 남자는 입가에 미소를 지었다.

무언가를 원하는 그런 묘한 미소였다.

"정 사장님이 러시아의 마피아와 관련이 있다는 보고를 받아서 오게 되었습니다."

『덤비지마!』 7권에 계속…

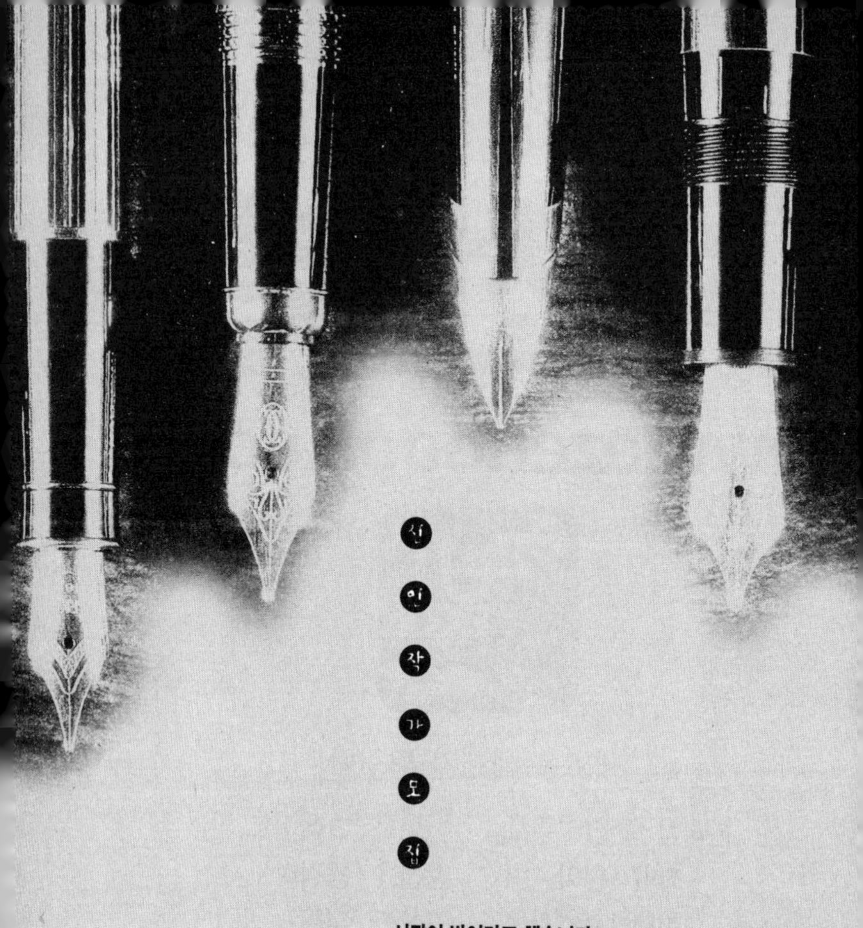
신
인
작
가
모
집